米佳的爱情

Митина любовь

〔俄〕伊万·布宁/著

陈馥/译

二十世纪外国文学大家小藏本

人民文学出版社

图书在版编目(CIP)数据

米佳的爱情/(俄罗斯)布宁著;陈馥译.—北京:人民文学出版社,2016

(蜂鸟文丛)

ISBN 978-7-02-011568-6

Ⅰ.①米… Ⅱ.①布…②陈… Ⅲ.①中篇小说—小说集—俄罗斯—现代 Ⅳ.①I512.45

中国版本图书馆 CIP 数据核字(2016)第 075383 号

责任编辑	李丹丹　张福生
装帧设计	刘　静
责任印制	王景林

出版发行	人民文学出版社
社　　址	北京市朝内大街166号
邮政编码	100705
网　　址	http://www.rw-cn.com
印　　刷	北京明恒达印务有限公司
经　　销	全国新华书店等
字　　数	60千字
开　　本	787毫米×1092毫米　1/32
印　　张	5.75　插页4
印　　数	1—6000
版　　次	2017年1月北京第1版
印　　次	2017年1月第1次印刷
书　　号	978-7-02-011568-6
定　　价	23.00元

如有印装质量问题,请与本社图书销售中心调换。电话:010-65233595

Hummingbird
CLASSICS
蜂鸟文丛

伊万·布宁 (1870—1953)

俄国作家。主要作品有诗集《落叶》，短篇小说集《暗径集》，中篇小说《乡村》等。一九三三年因"严谨的艺术才能，使俄罗斯古典传统在散文中得到继承"获诺贝尔文学奖。

本书收录了布宁的中篇小说《米佳的爱情》和短篇小说《旧金山来的绅士》。《米佳的爱情》文字洗练，抒情性很强。它和《旧金山来的绅士》都是布宁的代表作。

伊万·布宁

Иван Бунин

出版说明

二十世纪,世界文坛流派纷呈,大师辈出。为将百年间的重要外国作家进行梳理,使读者了解其作品,人民文学出版社决定出版"蜂鸟文丛——二十世纪外国文学大家小藏本"系列图书。

以"蜂鸟"命名,意在说明"文丛"中每本书犹如美丽的蜂鸟,身形虽小,羽翼却鲜艳夺目;篇幅虽短,文学价值却不逊鸿篇巨制。在时间乃至个人阅读体验"碎片化"之今日,这一只只迎面而来的"小鸟",定能给读者带来一缕清风,一丝甘甜。

这里既有国内读者耳熟能详的大师,也有曾在世界文坛上留下深刻烙印、在我国译介较少的名家。书中附有作者生平简历和主要作品表。期冀读者能择其所爱,找到相关作品深度阅读。

"丛书"将分辑陆续推出,"蜂鸟"将一只只飞来。愿读者诸君,在外国文学的花海中,与"蜂鸟"相伴,共同采集滋养我们生命的花蜜。

人民文学出版社编辑部
二〇一六年一月

目　次

米佳的爱情 ………………………… *1*

旧金山来的绅士 ……………………… *128*

译本序

伊·布宁,俄罗斯作家。1870年生于俄国中部沃罗涅日市一破落贵族世家。由于家境贫困,中学未毕业就步入社会。做过校对员、图书馆员、助理编辑等。曾受教于托尔斯泰、契诃夫、高尔基等作家,并为高尔基主办的知识出版社撰过稿。1909年被选为科学院名誉院士。十月革命爆发后,他持敌对立场,于1920年流亡国外,侨居法国直到去世。

布宁的创作继承了俄国古典文学的现实主义传统,是写作中短篇小说的高手。他的小说不太重视情节与结构的安排,而专注于人性的刻画和环境气氛的渲染,语言生动和谐,富于节奏感,被高尔基誉为"当代优秀的文体家"。1933年,"由于他严谨的艺术才能,使俄罗斯古典传统在散文中得到继承",布宁获得诺贝尔文学奖。

本册收录了布宁的中篇小说《米佳的爱情》和短篇小说《旧金山来的绅士》。《米佳的爱情》通篇文字洗练,抒情性很强,是布宁的佳作之一。米佳的心中有两个卡佳:一个符合他的幻想,另一个庸俗得让他失望。可是他和卡佳接触的时候给卡佳的印象却是,他只要卡佳的肉体而不要卡佳的灵魂。他自己本身就是分裂的。他的两重性格使他备受折磨。作者出色地运用情景交融的手法,写出米佳从莫斯科的时候就有的那种幸福中夹杂着惶惑的矛盾心情,到回乡以后的期待、疑惑、动摇、绝望的全部心理过程。

《旧金山来的绅士》是布宁对人类命运痛苦思索中的最具代表性的作品,现代物质文明的浮华与灿烂,财富与奢侈,其实不过是过眼云烟。旧金山来的绅士的"高贵"与其病后的境遇形成讽刺的对比。

编者

米佳的爱情

一

三月九日是米佳在莫斯科的最后一个幸福的日子。至少在他看来是如此。

上午十一点多钟,米佳和卡佳沿着特维尔林荫大街往上走。冬天突然让位给了春天,太阳底下几乎让人觉得热了。似乎云雀真的已经飞来,带来了温暖和快乐。什么都湿漉漉的,什么都在化冻,屋顶嗒嗒地往下滴水,扫院工有的在铲人行道上的冰,有的把黏黏的积雪从屋顶上扔下来,到处人头攒动,气氛活跃。高高的白云轻烟似的渐渐散开,汇入水溶溶的蓝天里。面带仁厚的沉思表情的普希金雕像远远地矗立在前方,基督受难修道院在那边闪光。米佳觉得尤其好的是,卡佳这天特别可爱,显得淳朴而又亲切,常常像孩子一样信赖地挽起他的胳膊,同时仰望他的脸。他幸福得竟至有点神气活现了,把步子迈得那么大,卡佳几乎跟不上他。

到了普希金雕像旁边,卡佳突然说:

"你笑的时候孩子气地傻咧着大嘴,真滑稽。别生气啊,我就是因为你这样笑才爱你的。还因为你有一双拜占庭人的眼睛……"

米佳压下暗暗得意之情和些微的恼怒,尽力敛起笑容,望着现在已是高高耸立在他们面前的普希金雕像,亲热地回答说:

"要说孩子气,在这一点上我们两个好像差不多。至于说我像拜占庭人,那也和说你像中国皇后一样。你们这些人只不过迷上了拜占庭啦,文艺复兴啦……我真不理解你母亲!"

"你要是她,就会把我锁在闺阁中吧?"卡佳问。

"不,那帮装模作样的吉卜赛式的艺人,那帮出自画室、音乐学院、戏剧学校的未来名流,我干脆不许他们进门。"米佳这样回答卡佳的时候,继续努力保持平静、亲热、不在意的神态,"还是你自己告诉我的,说布科韦茨基已经约你到斯特列利纳饭店去吃晚饭,叶戈罗夫还提出要给你塑一尊裸像,形似渐渐逝去的海浪,你当然是受宠若惊啦。"

"就是为了你我也不会放弃艺术。"卡佳说,"也许真像你常说的,我让人恶心,"其实米佳从来没有对她说过这种话,"也许我学坏了,不过我是什么样的你就要什么样的吧。我们别吵了,你也别再吃醋了,哪怕是今天,天气这么好!你怎么不明白,你对于我毕竟是最好的,唯一的?"卡佳这样问米佳的时候,声音不高,但是语气坚决,并且故意挑逗地看看米佳的眼睛,若有所思地拖着腔调朗诵了两句诗:

我们之间有一个秘密在假寐,
一颗心已将指环赠与另一颗心……

卡佳最后的表现,她朗诵的这两句诗,着实刺痛了米佳的心。总的来说,就是在这一天,也有许多事情使米佳不快、难过。说他像孩子一样傻使他不快,类似的玩笑话他已经不是头一回从卡佳嘴里听到,那些话也不是偶然说出的,卡佳在某些方面常常表现得比他成熟,常常(并且是不由自主地,也就是十分自然地)显得比他高出一头,他苦恼地把这看作卡佳已经有过某种不可告人的不端行为的表征。"毕竟"二字("你对于我毕竟是最好的")也使他不快,何况卡佳说这两个字的时候不知为什么突然压低了嗓门。尤其使他不快的是那两句诗,朗诵得又那么做作。不过即便是这两句诗和卡佳的朗诵(使他联想到他十分憎恨和嫉妒的那个把卡佳从他身边夺走的圈子),在事后他常常觉得是他在莫斯科的最后一个幸福的日子——三月九日这天,他也比较轻松地承受住了。

这天米佳曾经陪卡佳去铁匠桥的齐默尔曼商店买了几部斯克里亚宾①的作品,在返回的路上卡佳提起米佳的母亲,笑着说:

"我已经提前怕她了,怕得你没法想象!"

自从他俩相爱以来,怎么一次都没有涉及未来,也就是他俩的恋爱结局这个问题。现在

---

① 斯克里亚宾(1871—1915),俄国著名作曲家。

卡佳突然提起他的母亲,那口气像是在说一件不言而喻的事情:他的母亲就是她未来的婆婆。

二

后来一切仿佛和以前一样。米佳陪卡佳去艺术剧院排演场,赴音乐会,赴文学晚会,或者在基斯洛夫大街卡佳的家里坐着,往往坐到深夜两点钟,享受她母亲给她的奇特的自由。她母亲总叼着烟卷儿,总把脸搽得红红的,是个有一头马林果色头发的善良可亲的女人(她早就和她丈夫分居了,因为她丈夫组织了第二个家庭)。卡佳也到米佳住宿的大学生客房去,在莫尔恰诺夫大街,他们的约会也像以前一样,几乎完全是在使人心醉神迷的热吻中度过的。可是米佳总觉得突然发生了可怕的事情,卡佳变了,或者说开始在变。

· 米佳的爱情 ·

令人难忘的轻松时光飞快地过去了,那时候他俩初次相遇,刚刚认识就觉得没有什么比他俩在一起聊天更有意思的了,哪怕从早聊到晚。米佳就这样突然进入他从小一直暗暗期待着的那个奇幻的爱情世界。那是十二月,寒冷而又晴朗,日复一日装扮着莫斯科的是厚厚的霜雪和像个浑浊的红球在天边移动的太阳。一月、二月,米佳的爱情就在连续不断的幸福的漩涡里转晕了,这幸福好像已经成为现实,至少即将成为现实。然而还在那个时候就有一种东西开始(而且日益频繁地)来破坏这幸福,要置之于死地。还在那个时候米佳就常常感觉到,似乎存在两个卡佳,一个是他一认识就不懈地在追求的卡佳,而另一个,那个本色的、平常的卡佳,却与前一个不符合到了使他痛苦的程度。不过他那个时候的感觉也还完全不同于他现在的感觉。

一切本来都可以解释清楚。春天是女士们为自己忙这忙那、购物订货、没完没了改做衣服的季节,卡佳确实也常常跟着她母亲出入裁缝店。此外,她还面临着她就读的那所私立戏剧学校的考试。在这种情况下她显得焦虑和心不在焉是很自然的。米佳时时以这个理由来宽慰自己。但是枉然,多疑的心道出了相反的、更加有力的理由,而且日益得到证实,那就是卡佳内心对他越来越淡漠了。与此同时,他对卡佳的怀疑和嫉妒也日甚一日。戏剧学校校长把卡佳夸得忘乎所以,卡佳忍不住把那些夸奖她的话告诉了米佳。校长对卡佳说:"你是我的学校的骄傲。"校长对他所有的女学生一律称呼"你"①。在大课之外,校长开始给卡佳个别辅导,为了使卡佳在考场上有突出表现。谁都知

---

① 俄国人对跟自己关系亲密的人才称呼"你"。

道校长勾引女学生,每年夏天都要带一个女学生去高加索,去芬兰,或者去国外游玩。米佳于是认为现在校长盯上了卡佳,虽然这不能怪卡佳,但是卡佳肯定会有所感觉,心里明白是怎么一回事,因而与校长就有了一层龌龊的、罪恶的关系。卡佳对米佳的态度冷下来又太明显了,这就更加使米佳为这个判断所苦。

总之,好像有什么东西把卡佳吸引过去了。米佳一想到校长心里就不平静。其实校长算什么! 现在好像有一些别的需要超过了卡佳的爱情。她需要的是谁,又是什么呢? 米佳不得而知。他的嫉妒针对一切人、一切事,主要是针对他揣想卡佳背着他似乎已经开始在干的事。他觉得卡佳克制不住地要抛开他,可能是去干那种连想一想都毛骨悚然的事。

有一次,卡佳当着她母亲的面半开玩笑地对米佳说:

"米佳,您对女人的看法多半是根据《治家格言》那本书,您会变成一个十足的奥赛罗。大概永远不会有哪个女人爱上您,嫁给您!"

卡佳的母亲却反驳说:

"我没法想象不嫉妒的爱情。我认为,不嫉妒就是不爱。"

"不对,妈妈,嫉妒是不尊重自己所爱的人。不相信我就是不爱我,"卡佳说。她一向喜欢拾人牙慧,而且说这话的时候故意不看米佳。

"我认为嫉妒就是爱。"卡佳的母亲又反驳说,"这话我在哪本书上看到过,还引出《圣经》里的例子非常有力地加以证明,在《圣经》里上帝被称作嫉妒者[①]和惩罚者……"

至于米佳的爱情,如今它几乎百分之百地

[①] 俄语"嫉妒者"一词又有"热烈捍卫者"之意,此处可视为双关语。

只表现为嫉妒。更何况他的嫉妒不是一般的,在他看来是特殊的。他和卡佳的亲密关系还没有过线,虽然他俩单独相处的时候都已经太放纵自己了。如今在这种时刻卡佳往往表现得比从前更加狂热,这也使米佳觉得可疑,有的时候甚至使他产生一种十分可怕的感觉。构成米佳的嫉妒的种种感觉十分可怕,其中最可怕的一种是米佳怎么也说不清,甚至无法理解的,那就是:每当米佳想到卡佳、同时又想到另一个男人的时候,本来用在米佳和卡佳身上是高于、美于世上的一切的种种激情的表露,那幸福感甜蜜感,竟然变得难以表述地龌龊,甚至显得反常。这时候卡佳就在米佳心中激起强烈的憎恶。米佳自己在卡佳面前所做的一切,对他来说都充满了天堂的美和贞洁,可是换了另一个人来做同样的事,米佳立刻就觉得不一样了——那一切都变成无耻的行为,使他恨不得掐死卡佳,首先要掐死的正是卡佳,而不是他想象中的情敌。

三

卡佳去考试(终于在大斋期第六周举行)的那一天,米佳的种种苦恼是有道理的这一点似乎得到了特别的验证。

在那种场合,卡佳眼里完全没有米佳了,她简直就是一个陌生的、人人可以染指的女人。

卡佳大获成功。她像新娘一样穿一身白,因为激动而显得分外妩媚。大家一致对她热烈鼓掌,而校长,那个眼神冷漠而忧郁的自负的演员,坐在第一排,只是为了摆足架子才给卡佳指点了几次,说话声音不高,却让整个大厅里的人都听得见,那腔调真让人受不了。

"要少一点舞台腔。"他以有分量的、平静而威严的口吻说,好像卡佳完全是他的私有财产。他还一字一板地说,"别演戏,要入戏。"

这也让人受不了。博得一片掌声的台词念得也让人受不了。卡佳窘得满脸通红,她时而失音,上气不接下气,却因此显得楚楚动人,富有魅力。她念台词的调子那么恶心、做作、愚蠢,但是在米佳憎恶而卡佳一心一意追随的那个圈子里的人看来却是最高的艺术。卡佳不是在说话,她一直在呼喊,含着一种纠缠不休的绵绵情意在那里不知分寸、毫无根据地死乞硬求,使米佳为她羞得不知将目光投向何处才好。尤其可怕的是卡佳自身,她那涨得通红的小脸蛋、雪白的衣裙(在台上显得短了一些,因为坐在台下的人是从下往上看她)、雪白的鞋子和紧裹在雪白的长筒丝袜里的双腿所包含的天使的纯洁与行为不端的混合物。"在唱诗班唱歌的少女"——卡佳以做作得失去分寸的天真语气念了这段讲一位如天使般贞洁的少女的台词。

米佳既感到自己对卡佳情意绵绵(任何人在一群人当中对自己所爱的那个人都会有这种感觉),同时又对她充满强烈的敌意;既因她感到自豪,意识到毕竟她是属于他的,同时又怀疑她已经不属于他而感到撕心的疼痛!

在这场考试之后,又是一串幸福的日子,然而米佳的心情已经不像以前那样轻松了。卡佳回忆这场考试的时候曾经说:

"你真傻!难道就没感觉到我只是为你一个人才把台词念得那么好?"

可是米佳不能忘记他在考场上的感觉,也不能不承认那些感觉至今仍然存在。连卡佳也感觉到了隐藏在米佳内心的感觉,有一天在争吵的时候她嚷道:

"如果你认为我处处都这么坏,我真不明白你为什么爱我!你到底要我怎么样?"

米佳为什么爱卡佳,连他自己也不明白,虽

然他对卡佳的爱非但没有减少,反而在与某人某事所做的充满妒意的斗争中与日俱增,而这斗争源于卡佳,源于这爱情,源于这爱情的日益绷紧的力,这爱情的日益增长的要求。

有一天,卡佳苦涩地说:"你只爱我的肉体,而不爱我的心灵!"

这又不知是什么角色的台词,虽然荒诞无稽,不过是陈词滥调,却也涉及到一个折磨人的无法解决的问题。米佳不知道为什么要爱,不能确切地说出自己想要什么……一般说来,爱究竟意味着什么呢?从米佳听到过、看到过的有关爱情的言论当中,找不出一个准确的爱情定义,这就使米佳更加没有办法回答那个问题了。书本上和生活中的一切,就像一锤定音似的商量好了,要么只谈几乎是无性的爱情,要么只谈所谓的情欲肉欲。米佳的爱情既不像前者,也不像后者。卡佳给予米佳的感受是什么呢？是所谓的爱情,还是所谓的情欲？当米佳解开卡佳的衬衫去吻卡佳以震撼心灵的顺从和最最贞洁的不知羞耻为何物的态度袒露出的天堂般美妙的处女的乳房的时候,究竟是卡佳的心灵还是卡佳的肉体使得米佳几乎晕厥,几乎处于临终的极乐之中呢？

四

卡佳的变化越来越大。

考场上的成功是一个重大的原因,不过也还有某些别的原因。

开春以来,卡佳好像一下子变成了一位小交际花,穿着讲究,来去匆匆。当卡佳坐车(现在她不走路了,总是坐车)来赴约的时候,她都拉下面纱,拖着窸窸窣窣响的绸裙迅速走过米佳住处那道阴暗的走廊,使米佳觉得那道走廊寒碜极了。现在卡佳对米佳总是很温柔,然而总是迟到,并且缩短约会的时间,说她又要和她母亲去裁缝店了。

"我们就是要拼命讲究穿戴!明白吗?"卡佳说这话的时候,瞪圆了两只闪耀着欢喜和惊异的光辉的眼睛,虽然明知米佳不信她的话,但还是这样说,反正现在已经到了没有什么可谈的地步。

现在卡佳进门以后几乎再也不摘帽子了,把阳伞一直握在手中,好像一会儿就要离开似的坐在米佳的床边上,露出的绷着丝袜的小腿肚子使米佳神魂颠倒。临走,她说今天晚上她又不在家(又要和她母亲到什么人家去!),而且总是故意做贼心虚似的看一看房门,从米佳的床边上滑下来,用胯骨碰一碰米佳的大腿,匆忙地小声说:"来吻我呀!"她总玩这一套把戏,用意十分明显,那就是哄哄米佳,对她所谓米佳的一切"愚蠢的"烦恼作一点补偿。

五

四月底,米佳终于决定回乡下去休息休息。

米佳把自己和卡佳都折磨得很苦,又因为这痛苦似乎毫无来由而让人更加难以承受。到底出了什么事?卡佳错在哪儿?一天,卡佳气得斩钉截铁地对米佳说:

"好,你走,你走,我再也受不了啦!我们必须分开一段时间,把我们的关系弄明白。你瘦得妈妈认为你得了肺痨病。我再也受不了啦!"

米佳走的事就这样决定了。使米佳万分惊奇的是,他虽然愁肠百结,却走得几乎像个幸福的人。他走的事一决定下来,一切忽然又恢复了老样子。他本来就极不愿意将日夜使他不得安宁的可怕念头信以为真。只要卡佳有些许的变化,一切在米佳眼中又都变了样。现在卡佳又表现得毫不做作地温柔而狂热(这是米佳以他嫉妒的天性准确无误地感觉到的),米佳又在卡佳那儿待到深夜两点钟,他俩又有话说了。米佳的行期越近,分开一段时间"把关系弄明白"就越发显得没有道理。有一次卡佳竟然哭了(她可从来没有哭过),那些眼泪忽然使米佳觉得卡佳那么亲,以至于产生一种刻骨铭心的爱怜之情,似乎自己有负于卡佳。

卡佳的母亲六月初要到克里木去避暑,并且带卡佳一起去。他们决定在米斯霍尔碰头,米佳也必须去米斯霍尔。

米佳开始作出行的准备,一趟一趟往街上跑,可是精神恍惚得犹如一个患了重病而暂时还挺得住的人。他像病人,像醉汉一样可怜,同时又像病人一样觉得幸福,因为卡佳重新亲近他关怀他,甚至陪他去买旅行用的绑带,俨然是他的未婚妻或者妻子。总之,几乎一切都让米佳想起他俩刚刚坠入爱河之时的情景,使米佳感动。米佳也以这种心态去看待周围的一切——房屋,街道,徒步或乘车在街上来往的人,一直像春天那样阴沉着脸的天气,尘土和雨水的气味,在深巷围墙内开了花的杨树散发出的教堂气味;一切都在说离别苦,而他对避暑、去克里木碰头的期待又是甜蜜的,在那边什么障碍都不会有了,一切都将实现(虽然他并不知道这"一切"究竟是什么)。

离开莫斯科那天,普罗塔索夫来向他道别。在中学高班生和大学生当中,往往有一些人习惯于摆出一副比别人都成熟老练的架势,脸上挂着阴沉而并无恶意的讪笑。普罗塔索夫就是这种人。他是与米佳交往最密切的人之一,也是米佳唯一真正的朋友,了解米佳的全部爱情

· 米佳的爱情 ·

秘密(尽管米佳滴水不漏)。他看见米佳捆箱子的时候两手发抖,事后带着练达人情的苦笑对米佳说:

"你们纯粹是些孩子,上帝宽恕!我亲爱的坦波夫·维特①,你也该明白了,卡佳首先是个最典型的女性,连警察局长也奈何不得。你是男性,急不可待,一个劲儿对她提出传宗接代的本能的最高要求,本来这完全符合自然规律,从某种意义上说,甚至是神圣的。尼采先生②说得对:你的肉身就是最高理性。不过在这条神圣的道路上你有可能粉身碎骨,这也符合自然规律。动物世界甚至有个别雄性,为了第一次也是最后一次求偶行动,必须付出自己的生命。这种情况对于你并非必然,你就要多加小

---

① 维特是德国大诗人歌德的名著《少年维特的烦恼》的主人公。
② 尼采(1844—1900),德国哲学家。

心,保护自己。总而言之,勿操之过急。'士官生施米特,我向你保证,夏天还会回来!'①天地之大,不止卡佳一处可以容身。看你拼命勒箱子的劲头,你根本不同意这种说法,你很乐意走绝路。那就原谅我多管闲事吧,愿圣徒尼古拉和他的同道保佑你!"

普罗塔索夫握了握米佳的手走了以后,米佳动手捆枕头和被子,同时听见从开向院子的窗外传来住在对面的一个学声乐的大学生的雷鸣般的歌声。那个男学生从早到晚练唱,现在唱的是《阿兹拉》②。于是米佳赶快结束捆绑之事,抓起帽子出了门,去基斯洛夫大街向卡佳的母亲告别。那男学生唱的歌词和曲调一直在他的脑际萦回,以致他看不见街道,也看不见从对

---

① 引自俄国诗人库兹马·普鲁特科夫的诗《士官生施米特》。
② 俄国作曲家阿·鲁宾斯坦根据德国大诗人海涅的一首诗创作的抒情曲。

面来的行人,比最近这些日子还要昏沉。真的像是天地间的路都已走绝,士官生施米特要开枪自杀了! 好吧,走绝就走绝。米佳想着想着又回到那歌词上,歌词说,苏丹王的女儿"光彩照人",在花园中漫步,常常碰见一个黑奴站在喷泉旁边,"脸色比死人还要苍白"。一天,公主问他是什么人,又是从哪里来的。他开口就使人觉得凶险,然而语气谦卑,阴郁中含着质朴。他说:

我叫穆罕默德……

末了他悲喜交集地哭喊道:

我出身贫贱的阿佐尔族,

若是相爱,我们必死无疑!

卡佳在穿衣服,准备送米佳去火车站。她从自己屋里(米佳在那间屋里度过多少难忘的时光啊!)亲热地对米佳大声说,打第一遍铃之前她一定赶到。她母亲,那个有一头马林果色头发的善良可亲的女人,独自坐着吸烟,神情十分伤感地看了米佳一眼。她显然早已洞察一切,预见到一切了。米佳满面通红,像儿子一样在她面前垂下头,心里颤抖着吻了吻她的肌肤已经松弛的柔软的手。她怀着母亲的慈爱在米佳的太阳穴上吻了几下,并且画了一个十字为米佳祝福。

"唉,亲爱的,"她勉强微笑着用格里鲍耶陀夫①的话对米佳说,"笑着生活吧!愿基督与您同在,您走吧,走吧……"

六

米佳在客房里做完最后几件该做的事情,

---

① 亚·谢·格里鲍耶陀夫(1795—1829),俄国剧作家。

· 米佳的爱情 ·

由茶房帮着把行李搬上一辆破旧的出租马车,终于挺不舒服地坐到那堆东西旁边,动身离开,并且立刻有了出行的时候会有的那种特殊的感觉——一段生活结束了(而且是永远地结束了)!与此同时,他突然又有一种轻松感,对即将开始的某种新事物怀抱起了期望。他的心情平静了一些,精神也振奋了一些,似乎已经用新的眼光来看周围的事物。别了,莫斯科!别了,在这里经历的一切!天色阴沉,稀稀拉拉地掉着雨点,小巷里没有行人,铺在地上的鹅卵石颜色发黑,闪着铁器的光,两边的房屋沉郁而又肮脏。出租马车慢得让人难受,而且时不时地迫使米佳扭过脸去,尽量屏住呼吸。他们经过克里姆林宫,又经过圣母堂街,再一次拐进小巷,那些花园里的乌鸦在雨前和黄昏时刻都要聒噪,然而终究是春天了,空气中充满春的气息。最后他们来到火车站,米佳跟在搬运工后面跑步穿过挤满人的候车大厅,直奔月台,找到第三线,一辆开往库尔斯克的既长又笨重的列车已经等候在那里。在围着列车的一大群乱七八糟的人当中,在轰隆轰隆地推着行李车并且大声喊叫着请大家让路的搬运工们身后,米佳一下子就分辨出,看见了那个"光彩照人"的人孤零零地站在远处,看上去不仅在这群人当中是独一无二的,就是在全世界也是独一无二的。第一遍铃已经响过,这回迟到的是米佳,而不是卡佳。卡佳使米佳感动地早来一步,在这里等他,又像妻子或者未婚妻那样向他扑过来,关切地叫他:

"亲爱的,赶快去占位子呀!就要打第二遍铃了!"

第二遍铃响过以后,卡佳更加使米佳感动地留在了月台上,站在挤得水泄不通而且臭气熏天的三等客车车厢门外,从下面仰视着他。

· 米佳的爱情 ·

卡佳那可爱动人的小脸蛋,她的娇小的身段,她的仍然带些稚气的新鲜、年轻的女性气质,她的一双朝上看的光辉四射的眸子,她的朴素的浅蓝色宽边帽(帽子的褶边给她增添了一点优雅的昂然气派),乃至她的深灰色套装(米佳竟然爱慕地感觉到了那套装的面料和绸里),——一切都美极了。米佳却形容枯槁,衣冠不整,为了上路穿一双粗笨的长筒靴和一件旧短上衣,那上衣的纽扣已经磨得露出红铜色。即便如此,卡佳仰视着米佳的目光充满了毫无虚饰的爱意和感伤。第三遍铃声突如其来地给了米佳心上狠狠的一击,米佳就像疯了一样从车厢的乘降台上冲下去,卡佳也像疯了一样神色恐慌地朝米佳扑过来。米佳俯身吻了吻卡佳的一只戴手套的手,连忙跳回车厢里,含着泪狂喜地向卡佳挥舞他的学生制帽,卡佳则用一只手提起裙子随着月台向后飘去,始终仰视着米佳。卡佳越来越快地向后飘去,风越来越厉害地扯着米佳探出车窗外的头上的头发,机车越来越快,越来越无情地奔驰而去,发出蛮横的、威胁的吼声,要求给它让路。忽然间,卡佳同月台一起就像给扯掉了一样……

七

漫长的春天的黄昏早已降临,因为天上有雨云而更显昏暗。笨重的车厢在凉风习习的光秃秃的原野上轰隆轰隆响着——野外还是早春。列车员们在车厢过道上走动,他们检票,他们往吊灯里插蜡烛,而米佳依然站在震得咣啷咣啷响的车窗旁边,感受着卡佳的手套留在他嘴唇上的气味,离别的最后一刹那依然像烈火一样在他体内燃烧。那个使他觉得既幸福又痛苦,并且使他的整个生命变容的漫长的莫斯科的冬季,此刻在他眼里彻底改观,焕然一新。卡佳也以新的面貌,重又以新的面貌出现在他面前……唉,唉,她是怎样一个人?她意味着什么?爱情、情欲、心灵、肉体又是什么呢?这些根本都不存在,存在的是与这些完全不同的一种东西!不过这手套的气味难道也不是卡佳,不是爱情,不是心灵,不是肉体?车厢里的农民,工人,那个领着自己的丑娃娃去上厕所的女人,不断抖动着的吊灯里的昏暗的烛光,春天空空的田野上的黄昏——这些都是爱情,都是心灵,同时又都是痛苦,也都是难以表述的快乐。

早晨经过奥廖尔,这是个换乘站,一辆本省的列车停在远远的那个月台旁边。此刻米佳感觉到,这个世界与已经在迢迢千里之外的莫斯科那个世界相比是如此简朴、安详、亲切。那个世界的中心是卡佳,她现在仿佛既孤单又可怜,米佳对她只有柔情!就连头上有几片淡青色雨云的天空，就连这里的风都更朴实更安详些……列车从奥廖尔开出的时候走得不慌不忙，米佳坐在几乎空无一人的车厢里不慌不忙地吃用模具做的图拉蜜糖饼。后来列车开始加速，越走越快，使米佳进入梦乡。

列车到韦尔霍维耶站米佳才醒过来。车停着，站上人够多够乱的，不过还是让人觉得这地方偏僻。车站厨房散发着好闻的油烟味儿。米佳美美地吃了一份菜汤，喝了一瓶啤酒。后来他又犯困了，深沉的倦意压倒了他。等他再一次醒来，列车奔驰在春天的白桦林里，已经是他熟悉的，快要到终点站了。又是春天的那种阴晦，从敞开的车窗外送进雨水和仿佛是蘑菇的气味。树林仍旧是光秃秃的，可是列车的隆隆声在其间听起来还是要比在开阔的原野上清晰些。已经看得见远方闪烁着车站上的，像春天的天色那样愁闷的灯火。高高的绿色信号灯终于映入眼帘——这样的黄昏时刻,在光秃秃的白桦林里,那信号灯显得特别美。列车碰撞了一下,转到另一条轨道上……天哪,在月台上等着接少爷的雇工多么乡气可怜、又多么可亲啊!

由车站出来,经过春天泥泞的大村回家,天色越来越阴暗,乌云越来越厚重。一切都湮没在这柔和得不寻常的暝色里,湮没在大地与这融入似有似无的低垂雨云造成的黑暗中的温馨之夜的极为深沉的静寂里。米佳重又惊喜地发现,乡村是多么安详、朴实、简陋啊!这些没有烟囱、因而气味很重的小木屋早已进入梦乡(从报喜节①起人们就不点灯了),身处这幽暗温暖的草原世界感觉有多好啊!没有弹簧的四轮长途马车在崎岖不平而又泥泞的路上颠簸,一个富裕农民的宅院后面有些高大的橡树,还

---

① 旧俄历三月二十五日是圣母受胎报喜日。

赤裸着,没精打采的,上面有些白嘴鸦筑的黑黑的巢。屋旁有个农民站在那里向黑暗中张望,他赤着一双脚,穿一件破厚呢外衣,戴一顶羊皮帽子,露出长而又直的头发,样子很怪,像古时候的人……下雨了,雨是温暖的、甘美的,有股清香。米佳想到睡在这些小木屋里的村姑和年轻的农妇,想到整个冬季他通过卡佳接触到的那些女性的特质,它们又都融汇到了一起——卡佳、村姑、黑夜、春天、雨水的气味、已经翻耕过准备受孕的土地的气味、马汗的气味,还有对那只细羊皮手套的气味的回忆。

八

乡居生活一开始是平静而迷人的。

那天晚上,在从车站回家途中,卡佳似乎已经黯然失色,溶解在周围的景物里。其实不然,那不过是一种感觉,那种感觉也只维持了几天,直到米佳睡足了觉,恢复了常态,重又习惯了他自小就熟悉的老家、村子、乡下的春天,以及这赤裸荒凉的春的世界——它正准备再度以洁净而年轻的面貌去迎接新的繁荣。

庄园不大,宅子很旧,结构也简单,家务并不复杂,不需要养大批家奴,生活对于米佳一开始是宁静的。妹妹安尼娅是女子中学二年级学生,弟弟科斯佳是少年军校学生,他们都还在奥廖尔读书,六月初以前回不来。妈妈像从前一样忙家务(在这方面帮她的只有一个管事,家奴们叫他庄头儿),常常到田间去,天一黑就躺下睡觉。

米佳到家以后睡了十二小时觉,第二天起来,盥洗完毕,换上一身干净衣服,从他那间窗户朝东开向园子的充满阳光的房间里走出来,穿过所有其他房间,鲜活地感受到这些房间的亲切和对心灵与肉体都有抚慰作用的平和的单纯。东西都摆在原来的地方,像许多年前一样,看着眼熟,闻着使人愉快。在他到家之前,处处都收拾过了,所有房间的地板都擦洗得干干净净。没擦洗完的只有通外室(大家至今叫它听差室)的大客厅,一个从村里来干零活儿的满脸雀斑的姑娘正站在阳台门边的窗台上,挺直身子吱嘎吱嘎地擦着最上面的一块窗玻璃,下面的窗玻璃反映出她的影像,蓝蓝的,好像在远处。光着一双很白的脚的女仆帕拉莎,从热气腾腾的水桶里抓出一大块抹布,只以小小的脚后跟踩着到处是水的地板走来,一面用卷起袖子露出来的胳膊肘儿擦通红的脸上的汗,一面以过分亲热的口吻叽叽喳喳地对米佳说:

"您喝茶去吧,妈妈天不亮就带着庄头儿上车站了,您大概都没听见……"

这时候,卡佳立刻威严地让米佳想起了她,

因为米佳发现自己垂涎站在窗台上挺直身子的那个村姑卷起袖子露出的女人的胳膊和女性的柔韧,还有她的裙子,从里面有两条赤裸的腿像两根坚固的柱子一般直插下来。米佳高兴地感觉到卡佳的威力,感觉到自己是属于卡佳的,感觉到卡佳隐隐地存在于这天早晨他的一切印象当中。

一天天下来,米佳逐渐恢复常态,心情归于平静,卡佳的存在也随之越来越鲜活,越来越美妙,在莫斯科的那个与米佳希望看到的卡佳对不上口径、因而往往使米佳万分苦恼的平平常常的卡佳渐渐被淡忘。

九

这是米佳头一回作为成年男子在家里生活,连妈妈对他的态度都跟从前不大一样了,而主要的是，他心中怀着真实的初恋，他正在使他从小就全身心地暗暗期待着的东西成为现实。

当他还是个婴儿的时候，有一种用人类的语言无法表述的东西已经在他体内奇妙而神秘地浮动过。不知在什么时候，也不知在什么地方，大约也是春天，在园子里的丁香树丛旁边（记得有斑蝥的刺鼻气味），他还很小，和一个年轻女人，想必是他的奶妈，站在一起。突然间，好像有一道天光在他眼前亮了一下，不知是奶妈的脸盘还是盖在她那丰满的胸脯上的无袖长衫，总之，有一种东西像热浪一样在他体内翻腾了一下，犹如胎儿在母亲腹内躁动……不过那就像做梦一样。后来他在童年、少年、中学时代体验过的一切也都像梦一样。那些跟着她们的妈妈一起来参加他的儿童节日活动的小女孩当中，时而这一个，时而那一个，使他感到一种无法比喻的特别的喜悦，他暗自对这个使他着魔的穿小连衣裙、小皮靴,头上扎一个绸蝴蝶结的,也是无法比喻的小人儿的一举一动好奇不已。后来在省城里他对一个女子中学学生的思慕就有意识得多了。傍晚时分,那个女学生常常出现在邻家花园围墙内的一棵树上,她活泼,引人发笑,穿一件褐色短连衣裙,头上别一把圆梳子,两只小手很脏,笑声叫声都很响亮,弄得米佳从早到晚都在想她,为此愁绪满怀,有的时候甚至掉泪,无法抑制对她怀有的某种欲望。这种状况持续了几乎一个秋季,后来也自然而然地成为过去,被抛到了九霄云外。接着又有新的,或长或短的,也是深藏于内心的思慕,包括中学生舞会上的一见钟情给予他的强烈的喜与悲……体内有了某种软绵绵的感觉,心中有了对某种东西的模糊的预感和期待……

米佳生长在乡村,然而中学时代他不得不在省城里过春天,只有一年例外,那是前年,他回乡过谢肉节得了病,为了养病在家里从三月待到四月中旬。这段时光是他难以忘怀的。他在床上躺了大约有两个星期,只能从窗户里观看天空、积雪、园子、树干和树枝怎样随着外部世界的热和光逐日增加而逐日变化。他看到,早晨太阳把屋里晒得既明亮又暖和,窗玻璃上已经有活跃起来的苍蝇在那里爬来爬去……第二天下午,太阳到了屋后,照着大宅的另一面,窗外那灰白色的春雪已经呈淡蓝色,树梢间的蔚蓝色天上有大片大片的白云……再过一天,浮着白云的天上就出现了一些十分耀眼的空隙,树皮湿润得闪闪发光,屋檐上不断地有水滴下来,真是赏心悦目……接着是温暖的雾天雨天,几昼夜之后积雪就松散了,融化了,河水开始流动,园里和院子里的地面露了出来,呈现出一片让人看着既高兴又新鲜的黑色……三月末的一天在米佳的脑海中留下了长久的记忆,那天他第一次骑马到野外去。园子里的树灰溜溜的还没有开花,那上面的天空虽不算明亮,却那么年轻,充满勃勃朝气。野外的风还挺凉,田里残剩的麦茬呈棕红色,显得荒芜,可是翻耕过的地方(已经开始翻耕燕麦地了)却黑得油亮油亮的,显示着原始的地力。米佳经过整片残留着麦茬的田和翻耕过的地,朝树林走去,远远地看见了那光秃秃的、一眼就能看穿的小树林立在清纯的空气中。接着他策马下坡,走到那树林所在的洼地上,马蹄沙沙地踏过积得很深的一层去年的落叶,有的完全干了,呈淡黄色,有的很湿,呈褐色。他经过几处铺满落叶的小河谷,河谷里的水还挺大,几只暗金色的山鹬呼啦一声从灌木丛中钻出来,就从马腿下面飞了过去……那个春季,尤其是那一天,米佳在野外迎着清凉的风,他的坐骑克服了地里残留的还很湿的麦茬和刚刚翻起来的黑土,一面走一面张大鼻孔大声吸气,以漂亮的野性之力喷着鼻息,并且从肚里发出嘶鸣,——这对于他究竟意味着什么呢？当时他觉得那个春季就是他的真实的初恋,是他全身心地爱着某人某物的时日,他爱的是所有的女子中学学生和世上所有的女孩儿。那些时日如今在他看来是多么遥远啊！那时候的他还完全是个孩子,天真,单纯,心里的悲伤、快乐和梦想都那么不足为道！那时候他的爱是没有对象的,无性的,不过是梦,或者不如说是对一个美梦的回忆。如今世界上有了卡佳,有了一个体现着这个世界也胜过这个世界、胜过一切的灵魂。

十

在这些最初的日子,只有一次卡佳不祥地让米佳想到了她。

· 米佳的爱情 ·

一天晚上,米佳来到后台阶上。天很黑,四下里静悄悄的,有一股潮湿的田野气味。在隐约可辨的园子上空,从云端显露出一颗颗泪眼似的小星星。忽然间,从远处不知什么地方传来一声咕咕的怪叫,接着是一阵鬼哭狼嚎,刺耳的尖叫声。米佳打了一个寒噤,一时呆立在那里,后来他小心翼翼地下了台阶,走进那似乎怀着敌意从四面八方警戒着他的黑暗的林荫道,再一次停步侧耳倾听:刚才是什么东西突然而又可怖地向着园子大叫?那东西在哪儿?米佳心想,那不过是一只林鸮在交配罢了,却又因为那个鬼怪躲在黑暗之中而吓得浑身发麻。突然,又传来一声使米佳胆战心惊的嚎叫,近处的树梢唰唰地响了一阵,那鬼怪就无声地转移到园中别的地方去了,在那边开始嚎叫,后来又像婴儿哀求般地哼哼,哇哇地哭喊,以无法承受的快感一面拍打翅膀一面鸣叫,接着是尖叫,好像被胳肢和折磨似的放荡地笑。米佳浑身颤抖地盯着暗处仔细倾听。那鬼怪突然挣脱,憋了一口气,然后发出一声像是撕裂了这漆黑的园子的临死的筋疲力尽的哀鸣,消失得无影无踪。米佳又等了几分钟,这可怕的交配场面没有重演,他悄悄走回屋里——梦中他给三月份在莫斯科由他的爱情蜕变成的那些病态的、使他反感的念头和情感折磨了一夜。

可是到了早晨,在阳光的照耀下,夜间的苦恼迅速消散。米佳回忆起,当他俩最后决定他必须离开莫斯科一段时间的时候,卡佳哭了。他回忆起,卡佳想到他六月初也要去克里木的时候是那么高兴,卡佳帮他收拾行装以及在车站上送他的情景是那么动人……他拿出卡佳的小照,久久地欣赏卡佳那打扮得很漂亮的小脑袋,惊异地看到卡佳那双张得大大的、几乎瞪圆了的直视着的眼睛目光是那么清纯明亮……接

· 米佳的爱情 ·

着他给卡佳写了一封对他俩的爱情充满信心的特别长特别热情的信,于是他又在他赖以生存、令他欢喜的一切事物中,不停地感觉到卡佳那充满爱意的、清晰明朗的存在。

米佳还记得九年前他父亲去世的时候他的感受。那也是在春季。父亲去世第二天,他怀着既困惑又恐惧的心理胆怯地穿过大客厅,父亲躺在那里的一张长桌上,穿一身贵族礼服,两只苍白的大手交叠着搁在高高突起的胸脯上,稀疏的胡子是黑色的,鼻子却发白。米佳走出去,看了一眼立在门边台阶上的蒙着一块金色锦缎的大棺盖,忽然感觉到世上有死亡! 死亡无处不在,在阳光里,在庄院内春天的小草间,在天上,在园中……他向园子走去,进入光影斑驳的椴树林荫道,然后转到旁边那些阳光更加充足的小径上,看看树木,看看今年新生的白蝴蝶,倾听第一批小鸟的甜美的歌声。他什么也不认得了,样样都包含着死亡,大客厅里那张可怕的桌子,台阶上那块蒙着锦缎的长长的棺盖!太阳似乎不像先前那样明亮,小草不像先前那样翠绿,蝴蝶不像先前那寂然不动地停在还只有尖顶给晒热了的春天的小草上。总之,一切都与昨天不同,一切似乎都因世界末日将至而变了样。春的绚丽,它的永恒的青春魅力,也显得可悲可叹了!米佳的这种心态持续了很长时间,整整一个春季。经过多次擦洗和通风的大宅,好久都让人觉得,或者说怀疑,有一股瘆人的、叫人恶心的气味……

如今米佳重又有了那种困惑的感觉,只不过性质全然不同。今年春天,他的初恋的春天,也与过去所有的春天全然不同。世界又变了样,充满了一种似乎是局外的东西,不过并无敌意,也不可怖,相反,倒是与春的欢快和年轻奇妙地融合在一起。这局外的东西就是卡佳,确切些说,是米佳希望,米佳要求卡佳给他的那个世上最美的东西。随着春季一天天过去,米佳对卡佳的要求越来越多。现在卡佳不在身边,米佳眼前只有卡佳的形象,不是实际存在的形象,而是理想中的形象。卡佳似乎一点儿也没有破坏米佳希望是她的那个完美无瑕的形象,因此米佳无论看什么都觉得里面有卡佳活生生地存在着,而且越来越真切。

十一

米佳回到家里的头一个星期对此深信不疑,心里很快乐。那时候好像还只是春的前夕。他捧着一本书坐在小客厅的一扇敞开的窗旁,从屋前小花园里的冷杉和松树的树干间望出去,望着草场间那条浑浊的小溪,以及坐落在小溪那边坡地上的村子。比邻的地主家的园子里有白嘴鸦从早到晚在光秃秃的百年老桦树上殚精竭虑地忙着筑它们的安乐窝,不停地发出它们早春时节才有的那种叫声。坡地上的村子还显得生荒潮湿,只有柳丛披上了新绿……米佳走到园子里,园子还是光秃秃的,显得低矮而疏朗,不过树木稀少的空地绿了,这里那里点缀着碧玉色的小花,一条条小径边的槐树上也已绽出绒绒的叶片,南边洼地上的樱桃林开着灰白色的小花……米佳走到地里,田地仍是空空的,灰溜溜的,竖着刷子一般的麦茬,干了的田间小路还有些高低不平,并且呈紫色……这一切还处在青春等待期的无遮盖状态,这一切都是卡佳。只不过从表面上看,米佳的注意力似乎转移到了来庄园里干这样那样零活儿的村姑身上,转移到了下房里的雇工身上,转移到了读书、散步、去村里看望他认识的农民、同妈妈谈话、跟着庄头儿(一个身材高大而粗鲁的退伍兵)乘双轮跑车到地里去这些事情上……

又过了一个星期。一天夜里下了一场瓢泼大雨,后来太阳好像立刻威力大增,春不再那么温软苍白了,万物就在眼前不是一天天,而是一刻刻地改变着面貌。开始耕地了,竖着麦茬的农田变成一块黑丝绒,地界绿了,庄院里的小草肥了,天空更蓝更亮了,园子迅速穿上色彩既鲜又柔的绿装,灰溜溜的丁香树枝开始呈现淡紫色,而且散发出香气,在有光泽的深绿色丁香树叶上,以及太阳投到小径上的热乎乎的光斑上,出现了许多像金属一样闪着蓝光的大黑苍蝇。苹果树和梨树的枝条还裸露着,那上面刚刚冒出一些略带灰色的特别柔嫩的小叶片,然而这些把弯曲错杂的枝子向四面八方伸到别的树下面去的苹果树和梨树,却都开出了满头鬈发似的乳白色小花,它们一天比一天白,一天比一天密,一天比一天香。在这美妙的季节,米佳愉快而仔细地观察着在他周围发生的一切春天的变化。不过卡佳非但没有后退,没有从中消失,反倒无处不在,无处不加上她自己,加上与这欣欣向荣的春天、白得越来越华丽的园子、越来越蓝的天空一起灿烂的她的美。

十二

一天,午茶时分,米佳走进充满西斜的阳光的大客厅,意外地发现茶炊旁边摆着他白白等了一个上午的邮件。他快步走到餐桌前(他已经给卡佳写了几封信,卡佳早就该回信了),一个不大、然而精致的信封带着他熟悉的难看的字迹在他眼前一亮,既光辉夺目,又惊心动魄。他一把抓起这封信,大步走出屋去,到了园子里,又沿着大林荫道往下走,直到园子尽头,洼地就横穿过那里。他站住,又回头望了望,迅速撕开信封。信写得很短,只有几行,可是他从头到尾看了不下五遍才看明白,因为他的心跳得太厉害了。"我的爱,我的唯一!"这几个字他看了一遍又一遍,竟飘飘然起来。他举目向上,看见园子上面的天空亮得那么庄严而喜气洋洋,周围的果树开着亮丽的白花,一只夜莺已经感觉到向晚时分的气温下降,在远处新绿的灌木丛中以夜莺才有的忘我的激情清晰而有力地唱着,于是血色从他脸上消退,他不寒而栗……

米佳返回的时候走得很慢,他的爱情之杯已经满溢。接下来的几天,他一直小心翼翼地端着这爱情之杯,静静地、幸福地等待下一封信到来。

十三

园子穿上了形形色色的衣裳。

南边那棵老枫树最高最大,无论从哪一个方位都能看见它,如今它长得更加高大,更加醒目,也穿上了色彩既鲜又浓的春装。

米佳总爱在他屋里向窗外眺望大林荫道,那些老椴树也更高更显眼了,排成亮绿色的队伍,昂首挺立在园中,虽然树巅上的嫩叶还稀疏透光。

比南边那棵老枫树和大林荫道上的老椴树低矮的,是一片香气四溢的鬈发似的李花。

枫树那枝繁叶茂的大树冠,穿上新绿装的成行的椴树,披着白色婚纱似的苹果树、梨树和稠李树,还有太阳、湛蓝色的天空,以及在园子尽头、洼地上、小林荫道和小径边、大宅南墙下蓬蓬勃勃生长着的一切植物——丁香、刺槐、醋栗、牛蒡、荨麻、艾蒿等等,都以其繁茂和鲜嫩使人惊异。

洁净的绿色前院由于周边植物渐渐逼近而

显得窄小了一些,大宅也似乎小了一些,但是更美了。家里好像在等待宾客来访,整天敞着所有房间的门窗,包括白色的大客厅,蓝色的旧式小客厅,小小的起坐间——也是蓝色的,挂着许多椭圆形小相框,还有阳光充足的图书室——这是拐角上的一间空空荡荡的大房间,上方屋角供着些古旧的圣像,沿墙摆着矮桦木书橱。越长越靠近大宅的各种各样的绿树,颜色或浅或深,枝桠间透着天空的亮蓝,都喜气洋洋地望着这些房间。

然而不再有信来。米佳知道卡佳不善于写信,知道让她在写字台前坐下来,还要找笔找纸找信封买邮票,那实在太难了……但是理智的判断渐渐又不起作用了。他等第二封信所怀抱的那种幸福的,甚至带点自傲的信心只维持了几天就没有了,而他的苦闷和焦虑却与日俱增。既然写了第一封那样的信,就应该马上接着写点更美,更使人心花怒放的东西。可是没有音信从卡佳那里来。

米佳不大出门到村子里或者野外去了。他坐在图书室里翻阅杂志,是些摆在书橱里已经有几十年的旧杂志,纸都发黄变脆了。杂志里刊载了许多老诗人的写得很美的诗歌,几乎都围绕着一个主题,那是创世以来一切诗歌的主题,也是今天米佳的心灵所专注的,他怎么看都觉得与他自己,与他的爱情,与卡佳有关。于是他一连几个小时坐在敞开的书橱前一张圈手椅里折磨自己,反复念着:

> 人们都已入睡,朋友,让我们到绿园去吧!

> 人们都已入睡,只有一些星星望着我们……

这些迷人的词语,这些召唤,仿佛都出自于

· 米佳的爱情 ·

米佳本人,对象现在似乎只有一个,就是他时时处处都看得见的那个女子。有些诗句的声调几乎是严厉的:

> 在如镜的水面上
>
> 天鹅扇着翅膀——
>
> 河水轻轻荡漾:
>
> 来呀!星星在闪光,
>
> 树叶悠悠地摇晃,
>
> 片片白云在天上……

米佳闭上眼睛,浑身发凉,把一颗满怀爱的力量、渴望胜利和幸福结局的心发出的呼唤,一连念了几遍。随后他久久地凝视前方,倾听笼罩着大宅的乡村的深沉静默,伤心地摇头。卡佳没有应答,卡佳不声不响地在遥远的莫斯科某个与米佳无关的圈子里大放光彩!于是米佳心中的柔情再一次退潮,那严厉的、不祥的、咒

语般的声音再一次大起来,扩散开去:

来呀!星星在闪光,

树叶悠悠地摇晃,

片片白云在天上……

十四

一天,中饭后(他们在正午吃中饭),米佳小睡了片刻,然后出门,款步走进园子。常有村里的姑娘到这里来干活,给苹果树松土培土,这天也来了。米佳走过去,在她们身边坐下来,跟她们闲聊一会儿,这已经成为习惯。

这天气温升高,又没有风。他走在大林荫道的透光的树荫下的时候,就看见四周的树枝上开满白如霜雪的鬈发似的小花,直到远处都是如此。梨树上的花开得尤其繁茂,那一片白色,加上天空的亮蓝,便生出一种紫色来。梨树

米佳的爱情

和苹果树一面开花一面落花,树下刨松了的土上铺满了萎缩的花瓣。在暖融融的空气中闻得见它们带点甜味的暗香,与牲畜院里被晒得腐臭的畜粪气味混在一起。偶尔飘来一片白云,天空的深蓝就变成了浅蓝,而暖融融的空气和各种腐物的气味也变得更加细、更加好闻了。这春的乐园里的香气四溢的温暖空气,由于有蜜蜂和丸花蜂来回忙着在有蜜香的白花间采蜜而发出嗡嗡的使人困倦又让人陶醉的声音。白天闲得腻烦的夜莺,时而这一只,时而那一只,轻轻地叫上一两声。

大林荫道的尽头是通向打谷场的庄园大门。左边远远的那个护园土堤的一角有一片黑森森的云杉林,云杉林附近的苹果树间有两个姑娘。米佳,像平日一样,走到大林荫道一半的地方就转身朝姑娘们那边走去。他弯下腰,钻过一些长得低、伸得长、温软地碰着他的脸、散发着说不上是蜂蜜还是柠檬香味的树枝。也像平日一样,那个叫索尼卡的身材瘦削、头发呈棕红色的姑娘,刚看见米佳就狂笑吼叫起来。

"哟,东家来了!"索尼卡一面吼叫一面故意做出惊恐的样子,从她坐着歇息的那根挺粗的梨树树杈子上跳下来,奔向她的铁锹。

另一个姑娘,格拉什卡,相反,做出根本没有发现米佳来了的样子,把一只穿着已经塞满白色花瓣的黑色软毡绳鞋的脚牢牢地踩在铁锹上,不慌不忙地把铁锹使劲蹬进土里,再把切下来的土块翻过来,同时放开她那强劲悦耳的嗓子大声唱道:"园子呀,我的园子,你开花为的是谁!"这个姑娘长得高大而英武,神情总是挺严肃。

米佳走过去,在索尼卡刚才坐过的那根干裂开的老梨树树杈子上坐下来。索尼卡目光闪闪地看了他一眼,故意以嘻嘻哈哈毫不拘束的姿态大声问他：

"您是刚起床吧？小心点，可别误了事儿！"

索尼卡喜欢米佳，千方百计想加以掩饰，可又不会，在米佳面前表现得手足无措，说话也语无伦次，不过她从不忘做出某种暗示，因为她隐隐约约感觉到，米佳来来去去总是一副魂不守舍的样子，肯定有事儿。她怀疑米佳跟女仆帕拉莎睡觉，至少是在软磨硬泡，因此心生妒意，对米佳说话的语气时而温柔，时而尖刻，眼神时而含情脉脉，时而冷冷的，充满敌意。这却给了米佳一种奇异的快感。因为总不见有信来，米佳如今已无法正常生活，而只是在无休止的期待中备受煎熬，又找不到人倾诉自己心中的秘密和痛苦，谈谈卡佳，谈谈自己对克里木之行的期望，所以索尼卡暗示他爱上了什么人就使他感到愉快，那些暗示毕竟触及到了他内心的隐秘的烦恼。索尼卡爱上了他这个事实也使他激动,因为这样一来索尼卡就在某种程度上成了与他关系亲密的人,成了他内心的爱情生活的秘密参与者,有的时候甚至给予他一种奇异的希望,希望能把自己的感情寄托在索尼卡身上,或者让索尼卡在某种程度上做卡佳的替身。

今天索尼卡说:"小心点,可别误了事儿!"无意间又触及到米佳的隐私。米佳向四周望了望,他面前那片长得很密的深绿色云杉林,在耀眼的日光照射下几乎呈黑色。穿过尖尖的树巅向上看,天空蓝得特别壮丽。椴树、枫树、榆树的新叶给阳光照得通体透亮,在整个园子之上构成令人欣喜的轻巧的凉棚,并且将斑驳的光和影散布在青草、小径和稀疏的树木间的空地上。在这个凉棚下面热烈地开着的香气四溢的白花,给阳光照透了的时候,像瓷花一样亮。米佳不由自主地笑着问索尼卡:

· 米佳的爱情 ·

"我能误了什么事儿？可悲的是我什么事儿也没有。"

"您就别说了,您不赌咒发誓我也信!"索尼卡嘻嘻哈哈地粗野地大声说,她不相信米佳没有风流韵事这一点又给了米佳以快感。忽然间,索尼卡大喊大叫着赶开一只额头上有一撮白色鬈毛的棕红色牛犊——那牛犊从云杉林里慢慢遛出来,走到索尼卡身后,逮着她的印花布连衣裙绉边嚼了起来。

"哎哟,该死的东西!上帝还给送来个小崽子呢!"

"听说有人来给你提亲,是真的吗?"米佳不知道说什么好,可又想跟索尼卡继续聊下去,"听说男家挺富裕,小伙子也长得漂亮,可是你没答应,不听你父亲的话……"

"富裕,可是冒傻气,脑子早早地就昏黑了。"索尼卡有点得意地活泼地说,"我心里兴许想着别人呢……"

严肃而沉默的格拉什卡摇摇头,一面干活一面声音不高地说:

"这死丫头,说话没边没沿的!你在这儿信口开河,村里可就要传遍了……"

"闭嘴,别唠叨!"索尼卡大声说,"我能对付!"

"你心里想着谁呢?"米佳问。

"我就表明吧!"索尼卡说,"我爱上给您家放牛的老爷爷啦。一看见他我就热到脚心!我不比您那位差,可总骑老马。"索尼卡挑衅地说,看来是影射年过二十的帕拉莎,在乡下人眼里帕拉莎已经算是老姑娘了。突然,索尼卡扔下铁锹,以一种她既然暗恋着少爷似乎就理当拥有的勇气一屁股坐在地上,伸直了两条腿,又微微叉开穿着做工粗糙的破半筒靴和有斑驳花纹的毛袜的两只脚,无力地垂下两只手。

· 米佳的爱情 ·

"哎哟,什么也没干就把我累死了!"索尼卡大声笑着说,接着就尖声尖气地唱起来:

> 我的破靴子,
>
> 靴头上过漆,——

然后她又大声笑着说:

"跟我到窝棚里去歇着吧,我什么都答应!"

索尼卡的笑声传染了米佳。米佳咧开嘴难为情地笑着从树杈上跳下来,走到索尼卡身边躺下,把头枕到索尼卡的膝上。索尼卡甩开他的头,他再一次把头枕到索尼卡的膝上,脑子里又出现了近来念过的诗句:

> 玫瑰,那幸福之力,
>
> 我见它展开鲜艳的卷,
>
> 再用甘露加以滋润,——
>
> 一个爱情世界,无边无际,

难言其妙,芬芳而又丰腴,

就摆在了我的面前……

"别碰我!"索尼卡真的害怕得叫起来,挣扎着搬开米佳的头说,"我会喊得林子里的狼都嗥起来!我没什么可给您的,火烧过一阵已经灭了!"

米佳闭上眼睛,没有说话。太阳从叶丛、树枝、梨花间洒下斑驳烫人的光斑,使他脸上的皮肤作痒。索尼卡既温柔又凶狠地扯了扯他的粗硬的黑发,大声说:"简直跟马鬃一样!"然后把他的帽子扣在他的眼睛上。他感觉到自己的后脑勺儿枕着索尼卡的腿(女人的腿是世上最可怕的东西!),还碰到了她的肚子,并且闻到她的花布裙子和上衣的气味,这一切与开花的园子和卡佳混在了一起。远远近近的夜莺懒洋洋地啼啭,数不清的蜜蜂不停地发出嗡嗡声催人进入甜美的梦乡,温暖的空气中有一股蜜香,这一切,甚至连脊背感觉到下面是泥土,都使他苦恼,使他难以忍耐地渴望一种超越人寰的幸福。突然,云杉林里一阵骚动,传来幸灾乐祸的快活的笑声,接着是震耳的"咕咕"声,那么使人毛骨悚然,那么突出,那么靠近,那么清晰,甚至听得出一个尖尖的小舌头颤动着发出嘶哑的声音,他对卡佳的欲望(要卡佳无论如何立刻给予他那超越人寰的幸福)狂乱地揪住了他的心,以至于他猛地跳起身来大步走开了,使索尼卡惊讶不已。

那云杉林里就在他头上突然响起的震耳的声音清晰得吓人,而且似乎一下子把整个春的世界的怀抱彻底敞开了,使怀着对幸福的疯狂渴望和要求的米佳突然产生一个念头:不会、也不可能再有信来,莫斯科那边出事了,或者就要出事了,他完了!

十五

米佳回到屋里,在大客厅的镜子面前驻足片刻,心里想:"她说得对,我的眼睛即使不是拜占庭式的,至少也是疯狂的。还有这粗蠢干瘦的不匀称的身子、阴沉沉的漆黑的眉毛、真像索尼卡说的硬得几乎跟马鬃一样的黑发呢?"

这时候米佳听见身后有一双赤脚疾步走来。他不好意思地转过身去。

"您肯定是爱上谁了,总照镜子。"帕拉莎端着滚开的茶炊经过他身边往阳台上走,一面走一面亲热地跟他开玩笑说。

"妈妈找您呢。"帕拉莎又说,同时把茶炊咚的一声放在一张摆好的茶桌上,然后转过身来,以迅速而尖利的目光看了米佳一眼。

"都知道了,都猜到了!"米佳心里想。他

好不容易开口问帕拉莎:

"妈妈在哪儿?"

"在她屋里。"帕拉莎回答说。

太阳已经绕过大宅,向西边天移过去,镜子似的向着用长满针叶的树枝给阳台以阴凉的松树和冷杉下面窥视。那些树下的卫矛丛也完全像夏季植物一般光亮。茶桌上有一抹淡淡的阴影,而在一些阳光照得到的地方,桌布上就出现热乎乎的光斑。黄蜂们围着装有白面包的小篮、装有果酱的高脚玻璃盘和茶杯飞。这幅图景表明乡村的夏日何等美好,人们可以生活得多么幸福,多么无忧无虑。米佳想赶在妈妈出来以前去见她(妈妈了解他的心境自然不亚于别人),也想表明他根本没有什么难言之隐,就从大客厅走到过道上去,他的房门、妈妈的房门、妹妹弟弟的房门都开向这条过道。过道是阴暗的,妈妈屋里的颜色偏蓝,满满当当却又非常舒适地摆着家里最古色古香的家具,如像衣柜、五斗柜、大床、神龛,神龛前面照例点着长明灯,其实妈妈对宗教从来不特别热衷。打开这屋的窗户,就能看见大林荫道入口处那个已经无人照管的花坛,一大片阴影覆盖着它。再过去就是有阳光直射着的、披上了节日的绿装白装的园子了。这景色是妈妈早就看惯了的,她只顾低头编织,戴着一副眼镜。她身材高大而清瘦,皮肤发黑,神情严肃,四十多岁了,此刻正坐在窗前一把圈手椅里用钩针飞快地织什么东西。米佳走进去,站在门边问:

"妈妈,你找我吗?"

"不,我只是想看看你。"妈妈回答说,"除了吃中饭的时候,我简直见不着你的面。"她没有停止编织,说话的语气也有点特别,显得过于平静。

米佳想起三月九日那天卡佳说过她不知为

什么害怕米佳的妈妈,同时也想到了这句话里无疑隐含着的那一层迷人的意思……米佳不自在地喃喃说:

"也许你想跟我说什么吧?"

"没什么,"妈妈说,"就是觉得最近这些日子你好像有点烦闷,不如出去转转……比如上梅谢尔斯基家去……那儿有的是待字姑娘,"说到这儿妈妈的脸上露出了微笑,"再说,我看那家人很可爱,殷勤好客。"

"好,过两天我去一趟。"米佳好不容易说出这句话来,"我们喝茶去吧,阳台上多舒服啊……到那儿再谈。"米佳很清楚,妈妈是那么敏锐聪明,做事又那么有分寸,肯定不会再继续这场徒劳无益的谈话了。

他和妈妈在阳台上一直坐到太阳快要西沉的时候。妈妈喝完茶继续编织,谈的都是有关邻居、家务、米佳的妹妹和弟弟的事情,——妹妹八月份又要补考了！米佳听着，偶尔应答一两句，而他的感觉始终有点像他就要离开莫斯科的时候那样，恍恍惚惚的，似乎得了重病。

　　傍晚，约有两个小时米佳不停地在屋里来回穿行，穿过大客厅、小客厅、起坐间、图书室，一直走到图书室开向园子的南窗跟前，再往回走。从大客厅、小客厅的窗户里向外看，松树和冷杉的枝桠间漏下淡红色的落霞，可以听到聚集在下房周围准备吃晚饭的雇工们的谈笑声。黄昏那失去光彩的匀净的蓝天，带着一颗一动不动的粉红色小星，通过图书室的窗户，望着把一间间屋子串连起来的过道。枫树的绿色树冠和满园繁花呈现的如冬的白色优美地映在这蓝天背景上。可是米佳不停地走啊走，再也不顾虑家里人会怎么解释他的行为。他的牙关咬得紧紧的，紧到头痛的程度。

十六

从这天起,米佳不再观察夏季将至周围正在发生的种种变化。米佳看得见,甚至感觉得到那些变化,然而它们对于米佳已经失去自己独有的价值,米佳欣赏它们的时候心里只有苦,它们越美米佳心里越苦。卡佳如今真的成了具有魔力的现象,无处不在,时时显灵,简直到了荒谬的程度。既然每一天都比前一天更可怕地证实卡佳对于他米佳已不复存在,卡佳已在别人的股掌之间,把本来应该完全属于他米佳的身子和爱情给了另一个人,那么世上的一切在米佳看来就都是多余的,并且使他痛苦;这一切越美好就越显得多余,越使他痛苦。

米佳几乎夜夜不能成眠。这些日子的月夜真是美得无法比拟。那银光下的园子静静地立着,陶醉在温柔乡中的夜莺小心翼翼地啼啭,一个比一个唱得更甜美、更精妙、更清纯、更尽心、更嘹亮。那安静、温柔、惨白的月亮低低地挂在园子上空,始终有美得无法形容的细碎的涟漪样的青白色浮云陪伴着它。米佳睡下的时候没有拉上窗帘,园子和月亮整夜望着屋里。他每次睁开眼睛看月亮的时候,就像着了魔的人一样,必定要在心里唤一声:"卡佳!"并且怀着那样的欢乐和痛苦,连他自己也觉得怪诞:月亮又能使他想起卡佳的什么呢?然而月亮确实使他想起了什么,尤其怪诞的是,甚至让他看见了!有的时候米佳什么也没有看见,对卡佳的相思,对他们之间在莫斯科发生的一切的回忆,强烈得使他浑身发抖,乃至乞求上帝(可惜总是枉然!)让他看见卡佳跟他就躺在这张床上,哪怕是在梦里呢。冬天,有一次米佳和卡佳去大剧院看歌剧《浮士德》,有索比诺夫和夏利亚平参加演出。不知为什么,米佳觉得这天晚上的一切都格外使人心醉。在他们脚下深陷下去的池座大厅被灯光照得通明,因为观众很多而气氛热烈,香气四溢。几层有大红天鹅绒沙发的金碧辉煌的楼座里坐满了衣着华丽的人,而俯瞰着整个大厅的是一盏巨大的枝形吊灯,它散射着珠母的光芒。序曲的乐音就从下面远远的乐池里随着指挥的动作流出来,时而是象征魔鬼的轰鸣,时而又无限温柔伤感:"从前富拉有一位善良的国王……"散场以后,迎着月夜的严寒,米佳送卡佳回家,在卡佳家里逗留得特别晚,和卡佳亲吻得特别累,最后拿走了卡佳睡觉的时候用来扎头发的丝带。如今在这些难耐相思苦的五月之夜,就连想到这条藏在写字台抽屉里的丝带米佳也不由得浑身发抖。

白天米佳睡觉,起来以后常常骑马到有铁路小站和邮局的那个村子里去。天气一直很好。阵雨雷暴过后,太阳重又大放光芒,不停地忙着干它在园子、田地、树林里的工作。园子里的花开败了,落在地上,但是各种植物继续茁壮生长,颜色越来越深。树林已经隐在数不清的花朵和高高的草丛之中,从它们的深处传来夜莺和布谷鸟的啼声,不住气地召唤大家去那绿色幽深之处。田地不再赤裸,布满了密密层层的禾苗。米佳整天在树林和田地间转来转去。

米佳觉得天天上午在阳台上或者院子里毫无结果地等庄头儿或者雇工从邮局回来太难为情。何况庄头儿和雇工并非总有时间跑八俄里路去干这种小事。所以米佳就开始亲自上邮局了。然而他也总是只拿着一份奥廖尔报或者妹妹弟弟的信回来。他的痛苦已经达到了极限。他一路上看到的田地和树林洋溢着的美和幸福压抑着他,使他觉得胸中某个地方真的很疼。

有一次,米佳天黑前从邮局回来,经过邻近

· 米佳的爱情 ·

一座空寂无人的庄园,那庄园的大宅坐落在昔日的公园中,周围都是桦树林。米佳走在农民们所谓的出工路上,也就是庄园的大林荫道上。这条林荫道由两行高大的黑云杉构成,阴森得壮观,而且宽阔,地上铺着厚厚一层滑溜溜的棕红色针叶,直通那座旧式庄园大宅。太阳从左边落到了公园和树林后面,它的干燥、平静的红光穿过大林荫道上的那些树干下部斜斜地照着铺在地上的泛金色的针叶。整个园林是那样的静,似乎被魔法禁锢,只有夜莺在啼啭,云杉和一直长到大宅四周墙下的山梅花树丛散发着沁人心脾的香气。米佳在这些景物中感觉到了从前别人享有的巨大幸福,眼前忽然清晰得可怕地出现了卡佳——他的年轻的妻子的形象,就在这个朽坏了的宽大的阳台上,在山梅花树丛中,以至于连他自己都觉得他的脸罩上了一层死灰色。他向着整个林荫道坚决地大声说:

"再过一星期没有信来,我就开枪自杀!"

十七

第二天,米佳起身很迟。中饭后,他坐在阳台上,膝头上放着一本书,眼睛看着印满铅字的书页,心里闷闷地想:"还去不去邮局呢?"

天气挺热,白色的蝴蝶成双成对地在晒热了的草地和像玻璃一般闪光的卫矛上互相追逐。米佳望着蝴蝶又一次问自己:"去,还是再也不这么丢人地一趟一趟跑了?"

庄头儿骑着一匹公马从坡下上来,出现在庄园大门口。他看了阳台一眼就策马走上前来,在阳台旁边勒住马,对米佳说:

"您好!总看书?"

庄头儿笑了笑,环顾一下四周,又低声问米佳:

"妈妈还在睡觉?"

"我想是的。"米佳说,"有事吗?"

庄头儿沉默了片刻,忽然一本正经地说:

"嗨,少爷,书当然是好东西,不过也得知道什么时候该干什么。您怎么跟修道士一样过日子?世上的娘儿们、姑娘们还少吗?"

米佳没有应答,重新垂下眼帘看书。

"你上哪儿去了?"米佳问,没有抬起眼睛来看庄头儿。

"上邮局去了。"庄头儿说,"当然,什么信也没有,只有一份报纸。"

"为什么说'当然'?"

"就是说,人家还在写,不过没写完。"庄头儿无礼而讥讽地说,因为米佳不接他的话茬儿有点不高兴。他把报纸递给米佳,又说了一句"您收下吧!"就拨转马头走开了。

"我就开枪自杀!"米佳坚定地这样想,眼

睛看着书,可是什么也看不见。

十八

米佳不可能不明白,再也想不出比这更疯狂的行为了:开枪自杀,打碎自己的头颅,立刻终止一颗年轻强壮的心脏的跳动,终止思维和感觉,再也听不见再也看不见,从这个如今才初次完全展现在他面前的难以表述的美妙世界上消失,刹那间永远彻底地停止参与这生活,而这生活中有卡佳和正在来临的夏季,有天空、白云、丽日、熏风、田里的庄稼、村落、村姑、妈妈、庄园、妹妹、弟弟、旧杂志里的诗歌,在某个地方还有塞瓦斯托波尔、拜达尔门、一座座覆盖着松林和山毛榉林的热气蒸腾的淡紫色山峰、白得耀眼并且热得使人窒息的公路、利瓦吉亚和阿卢普卡的花园、波光粼粼的海边那烫人的黄沙,以及晒黑了的孩子和晒黑了的洗海水浴的女人,接着又是卡佳,穿一件白色连衣裙,打着一把小白伞坐在海浪边的鹅卵石上,那耀眼的浪花使人不由得露出无缘无故的幸福的微笑……

这些米佳都明白,但是怎么办?如何冲出这个越迷人越使人痛苦,越迷人越让人受不了的魔圈,又冲往哪里去呢?他难以承受的正是这幸福——世界用这幸福来压迫他,而这幸福本身又缺少某种最必要的东西。

米佳早上醒来首先看见的是喜气洋洋的太阳,首先听到的是他自小就听惯了的附近一座乡村教堂敲响的欢乐的钟声。这教堂坐落在露水遍地、光影交织、充满鸟语花香的花园后面,连教堂内那些发黄的壁纸(在他小的时候就这么黄了)都让人觉得赏心悦目。但是"卡佳!"这个念头立刻冒出来,使他的心里悲喜交集。早晨的太阳闪耀着卡佳的青春光彩,园子的清新气息是卡佳的清新气息,教堂钟声所包含的顽皮嬉闹成分也表现出卡佳的形象的姣好,祖辈留下来的壁纸要求卡佳和米佳共同享受故乡的古风和生活,那是在此地,在这庄园和这大宅里生活过又故去的米佳的父辈祖辈享受过的。于是米佳掀开被子从床上跳下来,只穿着一件睡衣,敞着衣领,腿很长,身子瘦,但他终究是健壮的、年轻的,刚睡醒还热乎乎的。他迅速拉开写字台的一个抽屉,抓起那张珍藏着的小相片,饥渴而又狐疑地看着它,一时呆立在那里。卡佳那稍显狡黠的小脑袋、她的发式、她的略含挑衅同时又天真无邪的目光,都包含着处女、女性所拥有的全部妩媚、全部优雅,以及一切无法表述的、闪光的、诱人的东西!然而那目光炯炯得让人猜不透,含着打不破的笑嘻嘻的沉默;它这么近,又那么远,一度让你看到活着是无法表述的幸福,接着又无耻地、可怕地欺骗了你,如今或许永远视你为陌路,这叫人如何承受得了?

那天傍晚米佳从邮局回来,途中穿过沙霍夫斯科耶村的那座有黝黑的云杉大林荫道的空寂无人的老庄园,没料到自己会大声说出那样一句话,却十分准确地表明自己已经心力交瘁。他在邮局窗口从马背上望着邮差在一大堆报纸和信件中毫无结果地搜寻的时候,听见身后传来火车到站的噪音,那噪音和机车喷出的煤烟气味使他的心由于想起库尔斯克车站,进一步想起莫斯科而幸福地颤动了。从邮局往回走,经过沙霍夫斯科耶村,每一个走在他前面的身材不高的姑娘,以及那姑娘的两个胯骨的动作,都使他惊恐地捕捉到卡佳的某种神态。在野外迎面驶来一辆三套马车,是长途马车,跑得很快,车中有两顶帽子一晃而过,其中一顶是少女的,他当时几乎要大喊一声:"卡佳!"地界上的白花一时竟使他联想到卡佳的白手套,蓝色的熊耳朵又使他联想到卡佳的面纱的颜色……当他在夕照下走进沙霍夫斯科耶村的庄园的时候,云杉的干爽气息和山梅花的浓香使他强烈地感觉到了夏天,感觉到了某些人在那座富丽堂皇的庄园里经历过的古色古香的夏季生活。他望一望大林荫道上的金红色夕照,望一望矗立在林荫道尽头的昏黄暗影中的大宅,突然看见卡佳娉娉婷婷从阳台上走到花园里来,几乎像他看见大宅和山梅花一样逼真。他早已失去对卡佳的符合实际的概念,卡佳的形象在他眼里越来越不一般,越来越异样,这天傍晚竟异样到了无比优越、不可企及的程度,使他惊吓得比那天中午突然听到布谷鸟在他头上大叫一声更甚。

十九

米佳不再上邮局去了,他用全部意志力强迫自己不再这样一趟一趟地跑。他也不再写信。什么办法都已试过,什么话也都写到了:他发狂似的要卡佳相信他的爱是世上从未有过的;他卑躬屈膝地哀求卡佳爱他,哪怕只给他"友谊"也行;他昧着良心胡说他病了,信是躺在床上写的,想以此唤起卡佳对他的一点怜悯之心,哪怕一点关注也好;他甚至威胁地暗示,他似乎只剩下一条路可走,那就是不再以自己在世上的存在麻烦卡佳和比他"更幸运的情敌"。他不再写信,也不再强求对方回信,而是拼命强迫自己不再盼望(其实暗自还盼望着正好在他对命运耍花招,非常成功地装出一副满不在乎的样子,或者真的做到满不在乎的时候,信就来了),尽量不去想卡佳,用一切办法摆脱卡佳。他又开始抓到什么念什么,跟着庄头儿到邻村去办事,心里不住气地对自己说:"就那么回事,听其自然吧!"

有一天,米佳和庄头儿从一个田庄上回来,乘的是一辆跑车,像平常一样跑得很快。庄头儿坐在前面驾车,米佳坐在后面,两个人都给颠得很厉害,尤其是米佳,他紧紧抓住坐垫,时而望着庄头儿那发红的后脑勺,时而望着在眼前上下跳动的田地。快到家的时候,庄头儿放下缰绳,让马儿改为大步走,并且掏出烟荷包来卷烟。他望着打开的烟荷包微笑着说:

"少爷,您那天多余见怪了。我跟您说的不是实话吗?书是好东西,所以玩儿的时候不兴看书,它又跑不了,得知道什么时候该干什么。"

米佳的脸涨得通红,他想不到自己竟然会

难为情地笑着,以装出来的傻乎乎的腔调说:

"对象怎么一个也没有……"

"哪有这事儿?"庄头儿说,"娘儿们、姑娘多的是!"

"姑娘们光逗你,靠不住。"米佳尽量模仿庄头儿的腔调说。

"那不是逗,您不知道怎么跟她们打交道。"庄头儿说,他的口气已经含有教训的意味,"还不是舍不得花钱呗。可是没油的勺儿拉嘴。"

"只要事情办得妥当,我没什么舍不得的。"米佳忽然不知羞耻地说。

"没什么舍不得的,那肯定办得特别好。"庄头儿一边点烟,一边像是有些委屈地接着说,"我看重的不是卢布,不是您赏什么,我是想让您快活。我总瞅着,唉,少爷他心烦啊!我就琢磨这事儿不能不管。东家的事儿我向来在心。

我来这儿一年多了,感谢上帝,还没听见您,也没听见太太说我什么不好。换了别人,比方说,谁管东家的牲口?喂饱了——行,没喂饱——管它呢。我可没这么干过。我最看重的就是牲口了。我跟伙计们也说,别的我不管,牲口你们可得给我喂饱了!"

米佳正在想,庄头儿是不是喝多了,不料庄头儿忽然转过脸来疑惑地看了米佳一眼,换了一副腔调问:

"瞧,阿莲卡不比谁强?那婆娘厉害,可是年轻,她男人在矿上……当然,也得给她塞点儿。统共花五个卢布吧,一个请她吃,两个给她花,再赏我点烟钱……"

"这没问题。"米佳又不由自主地说,"不过你说的是哪一个阿莲卡?"

"当然是护林人家的那个。"庄头儿说,"您不认识吗?新来的护林人的儿媳妇。上个礼拜天您在教堂准见过……那个时候我就想到了,给咱少爷正合适!她出嫁才一年多,干干净净的……"

"行啊,"米佳笑着回答说,"你就去办吧。"

"那我可要尽心尽力了。"庄头儿抓起缰绳说,"过两天我就去试试。您自个儿也别打盹儿。明天她跟姑娘们要到园子里来修土堤,您也来吧……书嘛什么时候也跑不了,将来到莫斯科去再念个够……"

庄头儿策马前行,跑车又颠簸起来。米佳紧紧抓住坐垫,尽量不去看庄头儿那红红的粗脖子,把目光投向远方,越过自家园子里的树木和与河边草场毗连的斜坡上那个村子里的柳丛。一种突如其来,十分荒诞,同时在他体内产生一阵使他发冷的绵绵情意的东西,已经完成了一半。米佳从小就熟悉的矗立在园林之上的教堂钟楼,以及钟楼上那个在夕阳中闪光的十字架,在米佳眼里也有点变了样。

二十

因为米佳瘦削,姑娘们叫他细腿猎狗。有一种人长了一双似乎总是睁得大大的黑眼睛,成年以后也几乎不长唇髭,下巴也不长大胡子,只有几根拳曲的硬毛,米佳就属于这一种人。然而,米佳与庄头儿那样交谈了以后,第二天一早起来就刮了脸,并且穿上一件黄色绸衬衫,使他那副疲惫而又像是兴奋的面孔显得怪诞而漂亮。

上午十点多钟,他缓步走进花园,尽量摆出一副闷闷不乐、因无事可做出来逛逛的神态。

他从朝北的大台阶上下来。北面的车棚,牲畜院,以及一部分园子(教堂的钟楼总是俯瞰着这一部分)上空弥漫着黑色的浊雾。什么都灰溜溜的,空气中充满从下房的烟囱里冒出来的水气和别的气味。米佳转到屋后,朝椴树林荫道走去,眼睛望着树梢和天空。从园子后面上来的乌云样的东西底下,也就是从东南方向,吹来微弱的熏风。鸟儿都没有唱歌,连夜莺也沉默着。只有大群采了蜜的蜜蜂无声地穿过花园飞去。

姑娘们又在云杉林附近干活,修整护园土堤上给牲口踩倒的地方,培上泥土和雇工们时不时地从牲畜院里运出来的热气腾腾、臭得不使人反感的牛马粪。雇工们运粪出来要经过林荫道,因此林荫道上撒了许多湿乎乎的发亮的粪蛋儿。干活的姑娘一共有六个。索尼卡已经没影儿了,这么说真的许婚了,现在待在家里准备嫁妆呢。有几个简直是小丫头,还很瘦弱。再就是长得蛮好看的胖姑娘阿纽特卡,似乎变得更加严厉、更加男性化的格拉什卡,还有阿莲卡。米佳一眼就从树干间看见了阿莲卡,并且立刻明白这就是她,虽然从来没有见过她。这时候,阿莲卡和卡佳身上都有的(或者只是米佳的错觉)某种东西,像闪电一般出乎米佳意料之外地击中了他,刺入他的眼帘,使他惊讶得一时呆立在那里。随后他目不转睛地看着阿莲卡,坚决地径直朝着她走去。

阿莲卡的个子也不高,动作灵活。虽然今天来干的是脏活儿,她还是穿一件漂亮的白底小红点印花布上衣,也是这种印花布的裙子,腰间系一根黑漆皮带,头上扎一块粉红色的绸头巾,脚上是一双红毛袜和一双黑色软毡绳鞋,其中,或者确切些说是她那小巧轻盈的脚,又包含着某种卡佳的成分,即夹杂着稚气的女性成分。阿莲卡的头也是小小的,两只几近黑色的眼睛的距离和神采差不多与卡佳的一样。当米佳走过去的时候,只有阿莲卡一个人不干活,似乎感觉到自己与其他姑娘比起来有些特殊。她站在土堤上,右脚踩着杈子跟庄头儿聊着。庄头儿把自己那件衬里破了的上衣铺在一棵苹果树下,用胳膊肘支撑着身子躺在上面吸烟。米佳走过来,庄头儿有礼貌地挪到草上去,把铺着衣服的位子给米佳让出来,并且友好而又随便地说:

"请坐,米特里·帕雷奇,抽支烟吧。"

米佳偷偷地瞟了阿莲卡一眼,看见那粉红色的头巾把她的脸蛋衬托得十分可爱。米佳坐下来,垂下眼帘,开始点烟(这个冬春他曾经多次戒烟,现在又吸上了)。阿莲卡竟然不向他施礼,似乎没有看见他来了。庄头儿接着跟阿莲卡聊,米佳不知道他们开头说的是什么,所以听不明白。阿莲卡笑着,可是她的脑子和心好像并没有笑。庄头儿每说一句话都以轻蔑和嘲讽的语气夹进一些猥亵的暗示。阿莲卡轻浮地应答着,语气也是嘲讽的,让听的人明白,庄头儿看中了一个人,可是事情做得太笨太放肆,加以胆子又小,怕老婆。最后庄头儿好像是觉得争辩也无用,懒得再争辩,对阿莲卡说:

"行了,谁也说不过你,不如你跟我们坐一会儿。东家有话找你说。"

阿莲卡眼睛望着别处,把挂在额角上的几绺几近黑色的头发往头巾下面塞了塞,站在原地不动。

"来呀,跟你说,傻婆娘!"庄头儿说。

阿莲卡想了想,忽然轻巧地从土堤上跳下来,跑到躺在衣服上的米佳跟前,在离米佳两步的地方蹲下来,张大两只几近黑色的眼睛,高兴而又好奇地看着米佳的脸。随后她笑出声来,问米佳:

"少爷,您真的没跟娘儿们睡过觉?像诵经士一样?"

"你怎么知道没睡过?"庄头儿问。

"我知道,"阿莲卡说,"听说了。"接着她目光闪闪地突然又说,"少爷不能,少爷在莫斯科有人。"

"没找着合适的,所以没有。"庄头儿说,"那是少爷的事,你懂什么!"

"怎么会没有?"阿莲卡笑着说,"娘儿们、姑娘多的是!瞧阿纽特卡,谁比得过?"接着她拉开洪亮的嗓门喊道:"阿纽特卡,过来,有事儿!"

阿纽特卡是个脊背宽而柔软的姑娘,胳膊短,脸长得蛮好看,笑起来显得善良,使人愉快。她转过身来用嘹亮动听的嗓音答应了一句,接着更加起劲地干她的活儿去了。

"叫你过来!"阿莲卡声音更加洪亮地喊道。

"我来没用,这些事儿我还没学会呢。"阿

纽特卡像唱歌似的高兴地说。

"我们不要阿纽特卡,我们要更干净、更体面点儿的。"庄头儿以教训的口吻说,"我们要谁我们自个儿知道。"

接着庄头儿大有深意地看了阿莲卡一眼。阿莲卡有点不好意思,微微红了脸。

"不,不,不,"阿莲卡一面用微笑掩盖自己的窘态一面说,"您找不到比阿纽特卡更好的了。您不想要阿纽特卡呢,还有娜斯季卡,她也是干干净净的,在城里住过……"

"行了,闭嘴!"庄头儿突然粗声粗气地说,"干你的活儿去,扯够了就行了。太太尽骂我,说你们跟我这儿光知道瞎咋呼……"

阿莲卡跳起身来——动作依然轻快非凡——一把抓起杈子。这时候,卸下最后一车畜粪的雇工喊了一声:"吃饭了!"接着他拉一拉缰绳,轰隆轰隆地迅速将空车沿着林荫道往

· 米佳的爱情 ·

下赶去。

"吃饭了,吃饭了!"姑娘们扔下铁锹和杈子,叽叽喳喳地喊叫着跃过或者跳下土堤,向着各自放在云杉树下的小包奔去,只见她们的光腿和五颜六色的袜子在眼前晃过。

庄头儿瞥了米佳一眼,又对他挤挤眼睛,意思是"成了",接着一面起身一面以长官批准的口气说:

"行,吃饭就吃饭吧……"

穿着各色衣服的姑娘们,在黑森森的墙一般的云杉树下嘻嘻哈哈地胡乱席地而坐,解开自己的小包,拿出面饼摊在伸直的两腿间的裙子上,一面嚼饼一面举起瓶子喝牛奶或者克瓦斯,继续随意大声胡扯,每句话都引发一阵哄笑,一双双充满好奇和挑逗意味的眼睛不时地望一望米佳。阿莲卡俯身向阿纽特卡耳边说了一句悄悄话,阿纽特卡忍不住露出了迷人的微笑,并且使劲推开了阿莲卡(阿莲卡笑得直不起腰来,把头贴到了膝上),装出生气的样子,用她那嘹亮的嗓音对着整个云杉林大声说:

"傻丫头!没事儿笑什么?有什么喜事?"

"别理她们,米特里·帕雷奇,"庄头儿说,"鬼才明白她们闹些什么!"

二十一

第二天是星期天,没有人到园子里来干活。

夜间下过一场大雨,雨水浇在屋顶上哗哗地响,园子时不时大面积地被电光照亮,灰白而奇幻。天亮以后,天气转晴,一切又恢复了平安无事的常态,米佳是被教堂那充满阳光的欢快的齐鸣钟声唤醒的。

他不慌不忙地洗了脸,穿好衣服,喝下一杯茶,然后出门去做午前祈祷。帕拉莎语气温婉地责备他说:"妈妈已经走了,您跟鞑靼人似的……"

去教堂有两条路,或者出庄园大门以后向右转,经过牧场;或者由大林荫道穿过园子,也就是向左,走园子与打谷场之间的那条路。米佳是穿过园子去的。

周围的景物完全是夏天的了。米佳走在林荫道上的时候迎着太阳,打谷场和田地都给晒得干燥而刺眼。看着这刺眼的阳光,听着与阳光和整个乡村早晨美妙而平静地融汇在一起的齐鸣钟声,再加上刚刚洗过脸,梳好了湿乎乎的发亮的黑发,戴上一顶大学生的制帽,米佳忽然觉得周围的一切那么美好。尽管他又一夜没有合眼,给各种各样的思绪煎熬了一通宵,他却忽然有了希望,相信他的种种磨难最终会结出幸福之果,相信他有救,能脱离苦海。教堂的钟声当当地响着,召唤着。打谷场在前方反射着热烘烘的光。一只啄木鸟微微翘起凤头,沿着一棵椴树的多节瘤的树干向上跑跑停停,迅速奔向满被阳光的新绿色树巅。在树木稀疏,被太阳晒热了的地方,有许多夹带红色的黑绒绒的丸花蜂在花间忙碌着。园里处处可以听到鸟儿们那无忧无虑的甜美歌声……这一切米佳在童年少年时代经历过许多许多次了,那美妙的、无忧无虑的昔日又鲜活地重现在他的脑海里,以致他忽然有了信心,相信上帝是仁慈的,也许没有卡佳他也能在这世上活下去。

"真的,我就上梅谢尔斯基家去一趟。"米佳忽然这样想。

就在这个时候,米佳抬起了眼睛,看见阿莲卡正从离他二十步远的庄园大门口走过。阿莲卡仍旧扎着那块粉红色绸头巾,穿一件很漂亮的天蓝色带绉边连衣裙,一双钉了鞋掌的新皮鞋。她扭动着臀部疾步走着,没有看见米佳。

米佳猛地往旁边一闪,躲到了树后。

米佳等阿莲卡从他的视野中消失以后,揣着一颗怦怦直跳的心,连忙回头向大宅走去。他忽然明白,他去教堂有见她一面的隐秘的目的,而在教堂里看见她是不行的,不应该去。

二十二

吃中饭的时候,从车站送来一封急电,是妹妹和弟弟打来的,通知家里人他们明天晚上到。米佳对这个消息反应十分冷淡。

饭后,米佳仰面躺在阳台上的一张藤沙发上,闭着眼睛,感觉到直射过来的炽热的阳光,听着苍蝇发出它们夏季才有的那种嗡嗡声。他的心在颤抖,脑子里总悬着一个解决不了的问题:阿莲卡这事儿下一步怎么办?什么时候最终能得到解决?为什么昨天庄头儿没有直接问她是否同意,如果她同意,那么在哪儿,什么时候? 与此同时,还有一个问题使米佳苦恼:自己已经断然决定不再上邮局去了,该不该违背这个决定呢? 今天要不要再去一次,最后的一次? 让自己的自尊心毫无意义地再受一次嘲弄? 毫无意义地再一次用可怜的希望折磨自己? 不过再跑一趟(实际上只是出去逛一逛)如今又能在他的痛苦之上增添什么呢? 莫斯科那边的一切对于他来说已经永远结束,这不是明摆着的吗? 现在他到底该怎么办呢?

"少爷!"忽然,阳台边有人轻声唤他,"少爷,您睡着了?"

米佳连忙睁开眼睛,看见面前站着庄头儿,穿一件新的印花布衬衫,戴一顶新的有檐儿便帽,一脸过节假日的喜气,加以吃饱了喝足了,有点犯困。他悄声说:

"少爷,咱们赶紧到林子里去吧! 我跟太

太说了,为蜜蜂的事儿我得去见特里丰一面。趁太太睡觉的工夫赶紧走吧,要不她睡醒觉又会改主意了……咱们给特里丰捎点儿吃的,等他喝上酒了,您也跟他聊开了,我就溜出去找阿莲卡说话。快点出来,我已经套好了马……"

米佳纵身起来,跑过听差室,抓起制帽,迅速向车棚走去,一匹性烈的小公马已经套在了跑车上。

二十三

小公马一起步就旋风般地奔出庄园大门。他们在教堂对面的一家小铺旁边停留了一会儿,买了一磅腌猪油、一瓶伏特加酒,然后继续驾车疾驶而去。

村头的农舍一闪而过,那屋旁站着穿得漂漂亮亮而又不知道做什么的阿纽特卡。庄头儿对她大声说了一句粗野的玩笑话,带着几分醉意,并且毫无意义地使出凶狠的剽悍劲儿紧拉缰绳,用缰绳抽了马屁股一下。那小马跑得更欢了。

米佳坐在车上一路颠簸着,他使出全身力气来稳住身子。他的后脑勺给太阳晒得挺舒服,迎面吹来野外的热风,夹着刚开花的黑麦香、路上的尘土味儿、车轮上的润滑油味儿。麦浪泛着银灰色的波光,看上去像一张上好的毛皮。不时有云雀唱着歌儿冲上云霄,或者侧着身子扎下来。森林远远地在前方呈现一片朦胧的青色……

一刻钟以后,他们已经驶在阴凉的林中小路上,路上有许多阳光的斑点,两边高而密的草丛里开着数不尽的野花,使人心情愉快,小公马仍旧跑得很快,车轮不时地磕碰着树墩树根。阿莲卡穿着她那件天蓝色连衣裙,两只脚直而又齐地插在一双半筒靴中,坐在护林哨所旁一些已经长出新叶的小橡树间刺绣着。庄头儿从她身边疾驶而过的时候,举起鞭子对她做了一个威胁的动作,紧接着就在哨所门前勒住了马。森林和橡树嫩叶的夹着苦味儿的清香使米佳惊叹,几只小狗围上来高声吠叫,引起整座森林的回响,把米佳的耳朵都要震聋了。这些小狗站在那里变着腔调狂吼,而它们的毛茸茸的嘴脸却显得友善,尾巴不停地摇着。

米佳跟着庄头儿从车上下来,把马拴在哨所窗下一棵给电火烧焦了的小树上,走进黑洞洞的穿堂。

哨所里很干净,很舒适,也很局促。由于阳光穿过树木由两扇小窗户射进来,早上烤面包又把炉子里的火烧得很旺,到现在屋里还热烘烘的。阿莲卡的婆婆费多霞是个看上去干干净净、体体面面的老婆子,背对着一扇有太阳晒着并且爬满了小苍蝇的窗户坐在桌旁。她一看见少爷立刻站起身来,深深地鞠了一躬。庄头儿和米佳向她道过好以后就坐下来吸烟。庄头儿问:

"特里丰呢?"

"在储藏室歇着,"老婆子说,"我这就去叫他。"

老婆子刚出去庄头儿就对米佳挤挤眼睛悄声说:"有门儿!"

然而米佳还看不出有什么门儿,只觉得万分不自在,好像老婆子已经完全明白他们是来干什么的。于是米佳的脑海里又闪过从前天起就使他不寒而栗的那个念头:"我在干什么?我疯了!"他觉得自己像在梦游,让别人指挥着越来越快地走向一个致命的,却又具有无法抗拒的吸力的深渊。可是他尽量摆出一副随随便便、泰然自若的样子坐在那里吸烟,眼睛东张张西望望,想到特里丰马上要进来了,特别难为情,因为听说这个汉子挺凶,而且聪明,那么他一下子就会把事情看穿,比老婆子还清楚。米佳还有一个念头:"她睡在哪儿?是在这张铺板上呢,还是在储藏室里?"他想,当然是在储藏室了。森林中的夏夜,储藏室的小窗户都没有安窗框和玻璃,整夜可以听到森林的昏昏欲睡的低语,而她睡着……

二十四

特里丰进来以后,也向米佳深深地鞠了一躬,但是没有说话,也没有正眼看米佳。随后他在桌旁的一张长凳上坐下来,干巴巴地,甚至是没好气地问庄头儿:有什么事儿?干吗来了?庄头儿连忙说,是太太派他来请特里丰去看看太太的养蜂房,在那儿养蜂的是个又老又聋的笨蛋,而特里丰可以说是本省第一号养蜂专家。说到这里,庄头儿立刻从一边裤兜儿里掏出一瓶伏特加酒,又从另一边裤兜儿里掏出用一张粗糙的灰纸包着的腌猪油,纸已经被油浸透了。特里丰面带讥笑冷冷地瞥了那些东西一眼,却起身去搁板上拿了一只茶杯过来。庄头儿先给米佳斟了一杯酒,然后给特里丰斟酒,接着是给费多霞(老婆子高兴地一饮而尽),最后才给自己斟上一杯。庄头儿干了这杯酒以后,紧接着就斟第二轮酒,嘴里嚼着面包,同时吹着鼻孔。

特里丰不久就有了醉意,但说话的语气仍然是干巴巴的,带着没好气的讥讽意味。庄头儿在两杯酒下肚以后脑子就很不清楚了。他们的谈话表面上不失和气,而两个人的眼神却都是狐疑的、恶狠狠的。费多霞一声不吭地坐着,态度显得既有礼又有气。阿莲卡没有露面。米佳清楚地看到她决不会来,即使她来了,现在指望庄头儿能找机会悄悄跟她说"话"简直就是痴心妄想。于是米佳站起身来厉声说该走了。

"就走,就走,来得及!"庄头儿皱着眉头涎皮赖脸地应道,"我还得跟您说句秘密话儿呢。"

"路上再说吧,走。"米佳克制着自己,语气却更加严厉了。

不料庄头儿拍了一下桌子,醉醺醺而又神秘兮兮地说:

"我跟您说,这话没法儿在路上说!您出来一会儿……"

庄头儿说着艰难地站起身来,打开了通穿堂的房门。

米佳跟着他走了出去,问他:

"怎么回事?"

庄头儿趔趄着掩上米佳背后的房门,神秘兮兮地低声说:"别做声!"

"什么事别做声?"米佳问。

"别做声!"

"我不明白。"

"别做声!她是咱们的了!真的!"

米佳推开庄头儿出了穿堂,站在门槛上,不知道是再等一等好呢,还是自己一个人驾车走,或者干脆步行回去?

离他十步以外是绿色的密林,已经为黄昏的阴影所笼罩,显得更加清新美丽。晴明洁净的太阳落到树梢后面去了,枝桠间漏下它的红金色光芒。突然间,从密林深处传来一声引起强烈回响的呼唤,似乎发自离此很远的河谷那边,而且是嘹亮的女声,只有在森林中,当夏日的太阳西沉以后,才会如此诱人,如此令人神往。

"啊呜——"这一声拖得很长,显然是在与回声游戏。

· 米佳的爱情 ·

米佳从门槛上跳了下去,一路踩着花草奔进林中。这片林子从坡上向着多石的河谷延伸。阿莲卡站在谷中吃着早熟的野果。米佳跑到陡坡上就站住了。阿莲卡惊讶地仰面望着他。

"你在那儿干吗?"米佳问,声音不大。

"找我们家的玛鲁西卡和母牛。什么事儿?"阿莲卡回答说,声音也不大。

"你来吗?"米佳又问。

"我干吗白来?"阿莲卡说。

"谁跟你说白来?"这句话从米佳的嘴里说出来几乎成了耳语,"这你别操心。"

"什么时候呢?"阿莲卡问。

"明天吧……你什么时候行?"

阿莲卡想了想。

"明天我要上我妈那儿去剪羊毛。"阿莲卡说完这句话沉默了片刻,警惕地望一望米佳身后那片长在岗子上的树林,"天一黑我就来。上哪儿呢?不能去打谷场,万一来个人……您家园子里洼地上那个窝棚,您看怎么样?不过您可不能骗我,白来我不干……这儿可不是莫斯科,"说到这里阿莲卡用两只笑眯眯的眼睛从下面看着米佳,"听说在那边娘儿们倒贴钱……"

二十五

庄头儿带着米佳返回的时候已经没人样了。

特里丰不欠人情,他也拿出一瓶酒来。庄头儿喝得连车都上不去,先倒在车上,吓得小公马向前猛蹿,差点脱缰而去。但是米佳默不作声,毫无感觉地看着庄头儿,耐心地等他在车上坐好。庄头儿又没头没脑地拼命驱车狂奔。米佳沉默着,一面用力稳住身子,一面观看傍晚的天空,观看在他眼前迅速跳动的田野。云雀在田野上空唱着它们黄昏时分的柔美的歌。已经呈现入夜的青色的东边天上燃起了遥远的平和的霞光,那霞光预告的只会是好天气。米佳对于这黄昏的美最是心领神会的,然而此刻却视而不见。在他的意识中,在他的心灵里,只有"明天晚上"!

家里有消息等着他,说是收到一封信,确定他妹妹和弟弟明天坐夜班车到。米佳惊骇万分,心想他们一回来,晚上跑进花园,就有可能到洼地上的窝棚里去……然而他立刻想起,从车站把他们接回家怎么也过九点了,到家以后还要让他们先吃饭喝茶……

"你去接他们吗?"妈妈问米佳。

米佳感觉到自己的脸发白,然而还是说:

"不打算去……我有点不想去……再说也

坐不下……"

"要是你骑马去呢……"

"不,我不知道……何必一定要去?至少现在我不想去……"

妈妈留神看了看他,又问:

"你身体好吗?"

"好极了,"米佳几乎是粗鲁地说,"我只是特别困……"

米佳说完立刻回自己屋里去,在黑暗中和衣躺在长沙发上睡着了。

夜间,他听见从远方传来缓慢的乐声,看见自己吊在一个只有一点微弱的亮光的大坑之上。那大坑越来越亮,越来越深不见底,越来越金光灿烂,越来越耀眼,里面人越来越多,有一个人以无法表述的感伤和柔情非常清晰地在下面唱道:"从前富拉有一位善良的国王……"他感动得颤抖起来,翻了一个身,又沉沉睡去。

二十六

这一天像是不会有尽头了。

米佳木呆呆地出来喝茶、吃中饭,然后又回自己屋里去躺下,把早就扔在写字台上的一部皮谢姆斯基的作品拿过来看,可是一个字也看不明白。他久久地望着天花板,听着窗外充满阳光的园子发出均匀的、夏天才有的丝绸声……他起来了一次,到图书室去换一本书。但是这个一扇窗户开向那棵传家宝枫树、别的窗户开向明亮的西边天的古香古色、使人心静的可爱的房间,却让他清晰地联想到他坐在这里读旧杂志上的诗歌的那些春日(如今看来已经是无比遥远的过去了),而且那么像卡佳的房间,以至于他连忙转身退回来,气愤地想:"见鬼去吧!让这个富有诗意的爱情悲剧全部见鬼去吧!"

米佳生气地想起自己曾经打算再收不到卡佳的信就开枪自杀,他又躺下来,重新拿起皮谢姆斯基的作品。然而他还是什么也看不明白,有的时候,眼睛瞧着书心里想着阿莲卡,他的肚子就痉挛起来,越来越厉害,乃至全身发抖。时候越近黄昏,这种痉挛发作得越频繁。屋里有人说话走动,院子里也有人说话,准备去车站的长途马车已经套好,这一切听上去就像你生病的时候一个人躺着,日常生活在你周围继续进行,把你撇在一边,使你觉得隔膜,甚至充满敌意。最后,帕拉莎不知在什么地方大声说:"太太,马套好了!"于是传来马车的串铃声,接着是马蹄声,来到台阶下的马车碾路的沙沙声……"哎呀,还有完没完!"心急火燎的米佳喃喃地说,他一动不动地躺着,却竖起耳朵谛听妈妈在听差室下最后的指示。突然,马车的串铃又响起来,随着车往坡下走声音越来越整齐,以至变得喑哑……

米佳迅速起身来到大客厅。大客厅里空寂无人,给略带黄色的晴朗的晚霞照得通明。整个大宅都空了,空得怪诞,空得吓人!一排沉默不语的房间全都敞着门,形成一个通道,米佳怀着奇异的、类似诀别的心情望过去,看到了小客厅、起坐间、图书室,图书室的一扇窗户外面是南边傍晚时分的青色天空,那枫树的美丽如画的树冠是翠绿的,它的上空悬着天蝎星,像一个粉红色的小亮点……随后米佳到听差室去,看看帕拉莎在不在那里。等到他确信那里也没有人以后,就抓起衣帽架上的制帽,跑回自己屋里,从窗户里往外跳,把他的两条长腿远远地蹬向花坛。他在花坛上呆立了片刻,便弯下腰跑进园子,立刻闪到靠边的一条长满刺槐和丁香树丛的僻静的林荫小径上。

二十七

没有下露,因此向晚时分的园子会散发的各种气味不大闻得见。虽然米佳这天黄昏的一切行动都是在他不知不觉间完成的,他却觉得园子里的气味既多又浓,是他有生以来从未闻到过的,也许只有幼儿时期例外。刺槐丛、丁香叶、茶藨子叶、牛蒡叶、艾蒿、花草、土地……一切都在散发气味。

他快速向前走了几步,心里产生一个使他毛骨悚然的念头:"要是她骗人不来了呢?"好像阿莲卡来与不来如今是他生命之所系。他从各种植物的气味当中还分辨出村里什么人家的炊烟味儿,于是再一次停步,回头看了一眼。傍晚出没的甲虫在他身旁什么地方慢慢地飞舞,发出嗡鸣声,似乎在播撒寂静、恬适、昏暗。太阳已经西沉,而初夏那久久不灭的匀净的霞光还占着半边天,天还不黑,穿过树木可以看见大宅的一部分屋顶,镰刀似的一弯新月已经亮亮地高悬在那上端的空廓澄澈的天上。米佳看了月牙儿一眼,迅速在胸前画了一个小小的十字,一步跨进刺槐丛中。小径通向洼地,而不是窝棚,因此必须向左边斜插过去才能走到窝棚那里。米佳跨进树丛以后就一直向前跑,在伸得很长又长得很低的枝条间时而弯下身子,时而闪到一边去。一会儿工夫他就到了约定的地点。

他胆战心惊地钻进窝棚,钻进有一股发霉的干麦秸气味的黑暗中,警惕地环顾一下四周,几乎是高兴地确信里面还什么人也没有。然而决定命运的时刻越来越近了,他极度警觉地站在窝棚外面。这一整天他几乎无时无刻不处在非同寻常的肉体亢奋状态之中,而此时已经到达最高点。奇怪的是，无论白天还是现在，这种状态好像是独立于他的某种东西，只控制着他的肉体而没有夺取他的灵魂。然而他的心跳得吓人。四下里那么静，静得他只听见自己的心跳。有一些不起眼的小灰蛾子不停地、无声地在编织成各种图案映在黄昏的天上的苹果树枝桠和灰色树叶间绕来绕去。这些蛾子使得周遭的寂静越发静了，仿佛是蛾子们施了魔法的结果。突然间，他身后什么地方有东西发出断裂声，像雷鸣一般惊着了他。他猛一转身，从树干间向护园土堤那边望过去，看见一个黑糊糊的东西从苹果树枝下面朝着他滚来。不等他弄明白，那黑糊糊的东西已经冲到他面前，并且做了一个大大的动作，现身为阿莲卡。

阿莲卡向后一仰，把家织的黑色毛料短裙的底边从头上扯下来，于是米佳看见了她那张既惊恐又欢喜地微笑着的脸。她光着两只脚，只穿一件普通的粗布衬衫,套上一条短裙,衬衫下面耸起两只少女的乳房,开得很大的领口露出她的脖子和一部分肩膀,卷到肘部以上的袖子露出两条浑圆的胳膊。从她那系着黄头巾的小脑袋到赤裸着的小巧的脚,既是女性的,又像是孩子的,浑身上下显得那么美好,那么灵巧,那么迷人。米佳此前看到的她都是经过打扮的,今天头一回发现她衣着朴素时的全部魅力,内心惊叹不已。

"喂,快点儿还是怎么的。"阿莲卡高兴而又做贼心虚地低声说。她回头看了一眼就钻进窝棚里那有麦秸味儿的黑暗中。

阿莲卡在窝棚里站住,米佳咬紧牙关(以免磕碰出声音来),连忙把一只手伸进裤袋里(由于紧张腿硬得像铁铸的一样),摸出一张皱皱巴巴的五卢布钞票,塞进阿莲卡的手心里。阿莲卡迅速把钞票藏在怀里,接着就坐在了地上。米佳在她身边坐下来,搂住她的脖子,不知道下一步怎么做,——该吻她还是不该。阿莲卡的头巾和头发的气味,她浑身的葱味儿,还有农舍和农舍里的烟味儿,全都混合在一起,使米佳舒服得晕晕乎乎。米佳明白这一点,感觉到了这一点。但是那肉欲的可怕力量依然如故,并没有转化为心灵的渴慕,没有转化为极乐、狂喜、通体的慵倦感。阿莲卡仰面躺下了,米佳在她旁边躺下,挨过去,伸出一只手。阿莲卡轻轻地、神经质地笑着,抓住那只手往下拉。

"绝对不行。"她说,不知是开玩笑还是认真的。

她拉开他的手以后又用自己的小手紧紧地攥着不放,两只眼睛看着窝棚的三角门框,门框正对着苹果树枝,正对着树枝后面那暗下去的蓝天,以及仍旧独自守在天上的天蝎星那个一动不动的小红点。这双眼睛表露着什么?应该怎样做？是吻她的脖子还是吻她的嘴唇？突然间,她拉起自己的黑色短裙急促地说：

"喂,快点儿还是怎么的……"

当他俩站起身来的时候,米佳颓丧到了极点,阿莲卡却一边重新系好头巾,理顺头发,一边就像个关系密切的人,像情人那样活泼地低声问米佳：

"听说您去过苏博京诺村。那儿的神父卖小猪崽儿价钱便宜。是真的吗？您没听说？"

二十八

这个星期有雨,雨是从星期三下起来的,星期六这天则从早到晚大雨如注。有的时候特别凶猛,天也特别阴暗。

米佳整天不停地在园子里走来走去,整天痛哭,有的时候连他自己也觉得奇怪,哪里来这么多的眼泪啊?

帕拉莎到院子里和大林荫道上来找他,喊他回去吃中饭,后来是喊他喝茶,他都没有应答。

气温下降,潮气透骨,乌云满天,在这阴暗的背景上,湿漉漉的园子绿得更浓、更鲜、更亮。时不时地袭来一股强劲的风,把叶片上的雨水掀翻下来,哗哗地泼洒一通,好似又一场阵雨。然而米佳对这一切视而不见,无动于衷。他的白色学生制帽耷拉下来,变成了深灰色的,制服上衣也黑了,长筒靴上的泥直糊到膝部。他浑身湿透,脸上没有一点血色,两只眼睛哭红了,露出疯狂的神情,那样子真可怕。

他一支接一支地吸烟,在泥泞的林荫小径上大步走着,有的时候简直就是毫无选择地瞎走,整个陷进苹果树和梨树间的高高的湿草丛中,常常撞在弯曲多节的树杈上,那上面有形态各异的灰绿色苔藓,都给雨水浸透了。他又在给雨水泡涨了而且发黑的一张张长凳上坐一阵子,然后到洼地上去,走进窝棚,躺在潮湿的麦秸上,就是他和阿莲卡两人躺过的地方。因为天气既冷又潮,他的两只大手冻青了,嘴唇也紫了,像死人一样苍白的脸和凹陷下去的两颊都带上一层紫色。他仰面躺着,把一只脚架在另一只脚上,头枕着两手,神情怪异地凝视着发黑的麦秸顶棚,从那上面不时有大滴的锈色水珠滴下来。后来他的颧骨开始发紧,眉毛也抖动起来。他猛地一跃而起,从裤袋里掏出他已经看了一百遍、给他弄脏揉皱了的信,是昨天夜里收到的——土地丈量员有事到庄园来待几天,顺便带上了这封信。于是他第一百零一次没个够地看这封信:

"亲爱的米佳!您别记仇,把过去发生的一切都忘了吧!我鄙俗,我丑恶,我学坏了,我配不上您,但是我酷爱艺术!我决定了,这已是定局,我要走了,您知道我跟谁走……您敏锐,您聪明,您会理解我,我求你别再折磨自己和我!别再给我写信了,没有用!"

看到这个地方,米佳把信揉成一团,把脸埋进潮湿的麦秸里,发疯似的咬紧牙关,哭得喘不过气来。这个无意中写上的"你"字多么可怕地使他想起了他俩之间的亲昵关系,甚至像是又恢复了他俩的亲昵关系,给他心中灌注了不堪忍受的柔情,——这已经超出了人的承受能力!紧挨着这个"你"字,是一个断然的申明,说现在连给她写信都没有用!对,对,他知道没有用!一切都结束了,永远地结束了!

天黑以前雨下得更大了,它以十倍的力量夹着突然爆发的阵阵雷声猛袭园子,终于把米佳赶回家去了。他从头湿到脚,冻得浑身颤抖,上牙合不住下牙。他先躲在树下观望观望,确信谁也看不见他,这才跑到自己的卧室窗下,从外面把窗格子支起来(那是旧式窗户,有半扇窗格子可以支起来),钻进屋里,反锁上房门,倒在床上。

天很快就黑下来。屋顶上,大宅四周,园子里,到处都是雨声。不过各处的雨声不一样,园子里的是一种,大宅四周的又是一种:雨水顺着檐下的沟槽不停地潺潺流下来,注入地上的水洼中,发出溅水声。这给立时进入昏睡状态的米佳造成一种难以名状的刺激,何况他的鼻孔、呼吸、头都很烫,于是他仿佛给麻醉了,进入另一个世界,在另一个黄昏时刻,在别人的宅第里,那里给人一种可怕的预感。

他有感觉,知道他在自己房间里,因为下雨,而且时近黄昏,屋里几乎完全黑了,可以听见妈妈、妹妹、弟弟、土地丈量员说话的声音,他们在大客厅里喝茶。与此同时他又像是在别人的宅第里,跟在一个离他而去的年轻保姆身后走着,心里有一种难以名状的越来越厉害的恐惧感,可又夹杂着肉欲,以及对于某个人将与某个人亲近的预感,这亲近中包含着某种违反自然的龌龊行为,而他自己在某种程度上也参与了。这些感觉是通过一个有一张白白胖胖的脸庞的婴儿产生的,那年轻的保姆仰着上身抱着婴儿摇着。米佳赶上前去,想从正面看一看她是不是阿莲卡,不料自己竟置身于一间阴暗的中学教室里,窗玻璃给粉笔涂得很脏。那个站在五斗柜前面照镜子的女人看不见他(他忽然变成了隐身人)。那女人穿一件紧绷在两条浑圆的大腿上的黄绸衬裙,一双高跟鞋,还有暴露出肉体的黑色网状薄长袜。她知道就要有什么事情发生,有一种愉快的胆怯和羞涩感。她已经及时把婴儿藏进五斗柜的抽屉里了。她把辫子从肩头上甩过来,开始迅速地编辫子,在照镜子的同时斜睨着房门,镜子反映着她那搽了粉的脸蛋、裸露的双肩,以及一对像牛奶一样泛青色、并且有两个粉红色奶头的小小的乳房。门开了,一位穿夜礼服的先生既大胆又害怕地向后看着走了进来,他那没有血色的脸刮得光光的,黑色短发拳曲着。他掏出一只扁平的金烟盒,开始大模大样地吸烟。她知道他为何而来,腼腆地看着他,把辫子编完,往背后一甩,举起两条裸露着的臂膀……他迁就地搂着她的腰,她抱住他的脖子,同时露出自己的两个黑乎乎的腋窝,然后贴到他身上,把脸藏进他的怀里……

二十九

米佳醒来的时候浑身是汗,他极为清楚地意识到他完了,这世界是如此惊人地令人绝望,阴暗,甚于地狱、阴间。他屋里一片漆黑,窗外只有雨声,那雨声(即便只是声音)使他冷得发抖的身子受不了。而最难忍受、最为可怕的是极端违反自然的人的性交,可他好像刚刚跟那位脸刮得光光的先生一起干了。从大客厅里传来说笑的声音,那些声音表露出对他的疏远态度,表露出生活的粗野以及对他的冷漠无情,因而也十分可怕,并且违反自然……

"卡佳!这叫什么啊!"米佳从床上坐起来,放下两条腿,大声说了一句,完全相信卡佳听得见他的话,相信卡佳就在这里,她不回答只是因为她自己也垮了,她自己也明白她所做的一切有多可怕,而且无法挽回。"唉,反正都一样,卡佳!"米佳苦涩而又温柔地低声说,想表示他会完全原谅卡佳,只要卡佳像从前那样投入他的怀抱,让他俩一起挽救自己,挽救自己那不久前还处在天堂般无比美妙的春的世界里的美好爱情。等他又低声说了一遍"唉,反正都一样,卡佳!"以后,他立刻明白了,不对,不是都一样,再也无法挽救,无法回到他在沙霍夫斯科耶村的庄园那丛生着山梅花的阳台上站着的时候眼前出现过的美妙情景,于是一种撕心裂肺的疼痛使他啜泣起来。

这疼痛是如此剧烈、如此难以承受,米佳连想也没有想他在做什么,也没有考虑这样做后果如何,心中只有一个强烈的愿望——摆脱这疼痛,一刻也别再回到那个可怕的世界,他已经在其中待了一整天,而且刚刚做了一个一切尘世梦当中最可怕、最叫人恶心的梦。于是他摸索着拉开床头柜的抽屉,抓起一支冰凉而沉重的左轮手枪,深深地、高兴地叹了一口气,张大嘴巴,怀着快感用力按下扳机。

(1924)

旧金山来的绅士

旧金山来的一位绅士,他的姓氏无论在那不勒斯市还是在卡普里岛上都无人记得,带着妻子和女儿来到旧世界①,专程为了开怀解闷,想玩上整整两年。

他坚信他有充分的权利休息,寻欢作乐,作各方面都是高品位的旅行。他的这种信念是有根据的。首先,他有钱。其次,别看他已经是五

---

① 指欧洲。

十八岁的人了,其实他刚开始生活。此前他不是在生活,而只是活着,老实说,活得挺不错,但还是把一切希望寄托于未来。他不停地工作(这意味着什么,被他成千上万地雇来的华工心里很明白!),终于发现自己已经做了许多事,快要赶上那些他一度看作自己的榜样的人了,于是决定歇一口气。他那个阶层的人,打算享受一下人生的乐趣,往往从旅行欧洲、印度、埃及开始。他决定也这么办。当然,他首先是要慰劳自己多年辛苦,但也为妻子和女儿高兴。他的妻子从来不是一个多情善感的人,可是上了年纪的美国妇女都十分爱好旅行。至于说到女儿,一位身体不很强健的待字姑娘,旅行对她来说简直是一种必需。且不说旅行有益于健康,旅途中又焉知不会巧遇良缘?有时你会与一位亿万富翁同桌吃喝,或者在一起欣赏壁画。

这位旧金山的绅士拟定了一个庞大的旅行

计划。十二月到一月他希望享受意大利南部的阳光,参观古迹,欣赏塔兰台拉舞和江湖歌手的小夜曲,受用像他这样年纪的男人特别敏感的东西——那不勒斯妙龄女郎的爱情,即使不完全是无私的爱情。他想在尼斯、蒙特卡洛过狂欢节,因为这个季节上流社会的精华都汇集到那里,一些人热衷于赛车和赛船的运动,一些人热衷于轮盘赌,一些人热衷于通常称之为调情的勾当,一些人热衷于射鸽——一群鸽子从鸽舍里飞出来,优美地盘旋上升,下面是翠玉般的草坪,背景是琉璃草色的大海,刹那间它们就变成一团团又白又软的东西,落下来砸在地上。三月初他要赶往佛罗伦萨,在基督受难周前抵达罗马,以便在那里听 Miserere①。他的计划中还有威尼斯、巴黎、塞维利亚的斗牛、英伦三岛

---

① 拉丁语,天主教祈祷文。

的海水浴、雅典、君士坦丁堡、巴勒斯坦、埃及,甚至日本——自然是在归途中……旅行一开始诸事如意。

那是十一月底。到达直布罗陀之前,他们时而在寒气袭人的暗夜中航行,时而遇着雨雪交加的风暴,但是一路平安。船上乘客很多,有名的"大西洲号"客轮就像一座设备齐全的大饭店,有夜间酒吧、东方浴室、本船出版的报纸。船上的生活极有规律。乘客们一大早就起床,当刺耳的号声在走廊里响起来的时候,天色还很昏暗,灰绿色的水域上大雾弥漫,白浪滔天,黎明慢腾腾地露出它那冷漠的面孔。人们披着法兰绒睡衣喝咖啡、巧克力、可可,然后坐进浴盆里洗个澡,做体操,以便唤起食欲和良好的自我感觉。他们完成白天的梳妆打扮之后就去用早餐。上午十一点钟以前可以在甲板上精神抖擞地散步,呼吸海洋上清凉的空气,或者玩掷木盘等游戏,以便再一次唤起食欲。十一点钟加餐,吃点夹肉面包,喝点肉汤。吃罢这顿加餐,大家愉快地读报,悠闲地等待午餐——比早餐更富营养,也更丰盛。接下去休息两个小时,各层甲板上都摆满了藤编的躺椅,乘客们躺在上面,身上盖着毛毯,仰望浮着白云的天空,观看有如冈峦起伏的雪浪从船边掠过,或者舒舒服服地打个盹儿。下午四点多钟,给这些精神焕发、喜笑颜开的乘客喝香喷喷的浓茶,吃点心。晚上七点钟,号声报告构成这种生存的最主要的目的,它最辉煌的时刻到了……于是旧金山来的绅士连忙到他那豪华的舱房去换装。

　　晚上,"大西洲号"的多层楼舱在黑暗中睁着数不清的火眼,一大批侍役在厨房、洗碗间、储酒舱工作着。四壁之外的海洋是可怖的,但是人们不去想它,坚定地相信船长能够驾驭它。船长有一头棕红色的头发,身躯硕大,胖得出奇,穿一件镶有宽金绦带的制服,经常睡眼惺忪的,真像一尊大佛像。他很少走出他那神秘的寝室,在人前露面。从上层甲板上时时传来警笛的吼声,带着地狱的阴森气氛和恶狠狠的声势,不过晚宴席上很少有人听见,因为这警笛声被一支弦乐队在一间两边对开窗户、灯火辉煌如节日的大厅里不停地精心地演奏着的美妙的弦乐淹没了。这里挤满了袒胸露臂的女人,穿燕尾服或夜礼服的男人,身材匀称的侍役,恭顺的领班。那个专管供酒的领班甚至在脖子上挂一条链子,俨然是一位英国市长。旧金山来的绅士穿上夜礼服和浆过的衬衫显得年轻多了。这个干巴巴的人个子不高,正如俗话说的,剪裁虽差,但缝得结实。他坐在这金碧辉煌的厅堂中,面前摆着一瓶酒,一排大小不一的极精致的玻璃酒杯,一束枝叶纷披的风信子花。在他那蓄着整齐的银白色唇髭、皮肤略黄的脸上有某种蒙古人的特征,嘴里的大金牙闪闪发光,结实的秃头是陈象牙色的。他的妻子,一个文静的大块头女人,穿着奢华,不过与自己的年龄还相称。女儿的装束复杂,然而轻薄,透明,暴露得无伤大雅。她的身材修长,一头秀发梳得十分可爱,呼出的气息带有紫罗兰口含片的香味,几颗极娇嫩的小粉刺长在嘴边和扑了点香粉的肩胛骨之间……晚上这顿大餐要吃一个多小时,饭后舞厅里的舞会就开始了。这时候,男人们,其中当然包括旧金山来的绅士,在酒吧间跷着腿,一面吸哈瓦那雪茄烟一面喝甜酒,直到脸变成紫酱色。在这里侍候他们的是穿红坎肩的黑人,他们的白眼球像剥了皮的熟鸡蛋。墙外大海咆哮着,仿佛一重重黑黝黝的山峦在走动,狂风暴雪在变得更加沉重的缆索间拼命打着呼哨,整个船身都在颤动,同暴风雪和那些黑黝黝的山峦抗争,犁铧似的把激荡不宁,时而沸腾着高高溅起飞沫的巨浪劈成两半。警笛被雾气阻塞,发出垂死的呻吟。值班人在高台上冻得发僵,过度紧张的瞭望弄得他们头晕目眩。轮船的水下部分如同既黑暗又闷热的地狱深处,也就是地狱的最后一层,第九层。这里烧着几座巨人般的大锅炉,轰隆轰隆地响;它们张开血盆大口,吞食着由一些流着又脏又臭的汗水、裸露的上身被炉火烤得通红的人砰然扔进去的成堆的煤炭。酒吧间里的人却无忧无虑地把脚架在圈手椅的扶手上,呷着白兰地和甜酒,沉浸在香气扑鼻的烟雾之中。舞厅朗若白昼,是个温暖欢乐的世界,人们成双作对地旋转着跳华尔兹舞,或者弯腰曲背地跳探戈舞,乐队无休止地奏着充满哀怨的靡靡之音,总在乞求着一样东西……在这群耀眼的人当中,有一位个子挺高、刮光了脸、身穿旧式燕尾服的大阔佬,一位著名的西班牙作家,一位绝代佳人,还有一对出众的恋人引起大家的好奇心。这对恋人并不掩饰自己的幸福,他只跟她跳舞,两人事事做得恰如其分,令人倾倒。只有船长一个人知道,这对男女是为了挣大钱,受劳埃德商船协会的招聘来扮演恋人的。他们时而在这条船上,时而在那条船上,已经漂泊很久了。

船到直布罗陀,使大家高兴的是太阳出来了,好似早春天气。"大西洲号"客轮上出现了一位新乘客,引起大家的注意。这是某个亚洲国家的王储,要作一次化名旅行。他身材矮小,举止僵硬,脸盘大,眼睛小,戴一副金边眼镜,粗硬的唇髭稀稀拉拉,像长在死人脸上的一样,不大顺眼。可总的来说他是一个朴实、谦和、可亲的人。地中海上,从北边来的越山风嬉戏着迎面猛吹,将一重重五颜六色的巨浪劈开,在灿烂的阳光和万里无云的晴空下,恰似孔雀开屏……第二天,天空开始昏暗,地平线上雾气腾腾,陆地渐渐近了,出现了伊斯基亚岛和卡普里岛,用望远镜已经可以看见那不勒斯像许多方糖块撒在一个灰蓝色的东西脚下……许多女士和先生穿上了翻毛的轻裘。唯命是从,总是轻言细语的华人侍役(一些长着罗圈腿、拖一根长齐脚跟的漆黑的辫子、像少女一样有密密的眼睫毛的少年)陆陆续续扛着毛毯、手杖、箱子、梳妆盒之类的东西朝舷梯走去。那位旧金山来的绅士的女儿同王储并肩站在甲板上,昨晚她幸运地认识了王储,此刻正装作出神地眺望远方,望着他指给她看的地方,听他急促而低声地讲着什么。在这群人中间,他个子小得像个孩子,相貌不仅难看,而且怪里怪气——那眼镜,那圆顶礼帽,那英国式大衣,稀疏的唇髭如马鬃一般,黑黄色的细皮肤似乎是绷在他的扁平的脸上,又似乎上过一层薄薄的油漆。然而姑娘在倾听他的话语,激动得不知道他对她说些什么。在他面前,她的芳心由于莫名的欣喜而跳动着:瞧,他的一切都与众不同,无论是那双干瘦的手,还是有古代帝王的血液在下面流动的洁净的皮肤,甚至那身极其普通,却似乎分外整洁的西服,都包藏着一种难言的魅力。旧金山来的绅士呢,他穿了一双有灰色鞋套的皮鞋,老拿眼睛盯着站在他身旁的绝代佳人。这是一位个子高、身段极美的金发女郎,她的眼睛按照巴黎最时兴的式样描过,手里捏着一根银链子,牵着一只弓背脱毛的小狗,并且不停地跟小狗说话。女儿似乎有点难为情,竭力不去注意父亲。

旧金山来的绅士在旅途中相当慷慨,因而深信人们会尽心侍候他吃喝,从早到晚为他服务,不等他开口就知道他想要什么,保证他的一切都清洁舒适,为他搬东西雇脚夫,把他的箱笼送到旅馆。处处如此,在船上是如此,到那不勒斯当然也会如此。那不勒斯渐渐大起来,越来越近了。乐师们拿着闪闪发光的铜管乐器在甲板上集合,突然奏起震耳欲聋的庄严的进行曲。身材魁梧的船长穿着礼服出现在舰桥上,他像一尊大慈大悲的菩萨,对乘客们亲切地挥手致意。"大西洲号"终于驶进港口,把它的站满了人的多层大楼停靠在堤岸边,接着轰隆轰隆地放下了搭板。这时候,有多少戴着绣有金边饰的有檐儿便帽的旅馆接待员和他们的助手,多少各行各业的经纪人,以及手里拿着一扎扎彩色明信片的流浪儿和身强力壮、衣衫褴褛的人拥上来,准备为他效劳啊!他对这群衣衫褴褛的人得意地笑笑,朝着王储也有可能会下榻的那家大饭店的小轿车走去,时而用英语,时而用意大利语不慌不忙地傲慢地说:

"走开!走开!"

那不勒斯的生活立刻按既定的程序开始

了。一大早就要去昏暗的餐厅用早餐,多云的天空不大有希望豁然开朗,而饭店门厅外面已经站着一群导游。等到和煦的淡红色太阳开始露出笑脸,从高悬的阳台上就可以远眺从头到脚被明亮的朝雾笼罩着的维苏威火山,欣赏海湾水面上的珍珠色涟漪和地平线上隐约可见的卡普里岛,俯视滨海路上拉着双轮马车奔跑的小小的驴子和一队队吹吹打打、昂首阔步向前走去的小小的士兵,然后步出饭店大门,乘上小轿车,沿着一条条狭窄、拥挤、潮湿的,如走廊一般的街道,从窗户很多的楼房之间缓缓驰过,去参观博物馆——那里一尘不染,但是死气沉沉,光线柔和得使人愉快,却又像雪光的返照一般单调;或者参观教堂——那里冷冰冰的,充满蜡油气味,格局千篇一律,都是用沉甸甸的皮门帘挡住庄严的入口,里面空荡静穆,在深处铺着花边的祭坛上有一支七烛台幽幽地燃着红色烛火,一个老太婆孤零零地留在黑木椅间,脚下是光滑阴森的石板,还有照例出自名家之手的《拿下十字架》图。中午在圣马丁山上吃饭,不少第一流的人物这时候都云集到山上来。就是在这里,旧金山绅士的女儿有一天险些晕了过去——她仿佛看见王储在大厅里坐着,虽然已从报上得知王储此刻在罗马。下午五点钟在饭店喝茶,陈设华丽的沙龙里铺着地毯,烧着壁炉,温暖宜人。接下去又该准备吃晚间大餐了,各层楼道里又响起那威严有力的锣声,太太小姐们又鱼贯地下楼去,她们身上的绫罗绸缎窸窸窣窣地响,一面面镜子映出她们袒胸露臂的身影,富丽堂皇的餐厅又一次好客地敞开大门,穿红上衣的乐师们在台上奏乐,黑压压的一大群侍役围着他们的领班,那领班正以高超的手艺往一个个盘子里盛粉红色的肉羹……席上又是上不完的菜,喝不完的酒和矿泉水,吃不完的甜食和水果，以至于每晚十一点钟前，女仆们都忙着往各客房送热水袋，给客人们暖胃用。

不巧这年十二月的天气不那么好，只要跟接待员谈起天气，他们总是抱歉地耸耸肩膀，喃喃地说他们不记得有哪一年像这个样子，虽然他们并不是头一回说这种话。他们还指出"各地都一样的糟糕"，里维埃拉遭遇从未见过的狂风暴雨，雅典下雪，埃特纳火山整个儿被冰雪封裹，夜里闪闪发光，帕勒莫的游客都给冻跑了……早晨的太阳每天给人以假象，一到中午天就阴下来，开始掉雨点，而且越下越大，气温也越来越低，饭店大门口的棕榈树如马口铁的一般，那不勒斯市显得格外肮脏和局促，博物馆过于单调乏味，肥胖的出租马车车夫吸的雪茄烟头散发着呛人的恶臭，他们身上的防雨斗篷在风中如翅膀一般扇动，他们在细脖子驽马头上拼命甩鞭子显然只是装装样子，清扫电车轨道的男人们的鞋子不堪入目,冒雨在烂泥中踩来踩去的黑发女人们的腿短得不成样子,至于从滨海路旁翻着泡沫的海面不断吹来潮气和臭鱼味儿,那更不必说了。旧金山来的绅士和他太太一早起来就吵嘴。他们的女儿一会儿头疼,脸色苍白;一会儿又活跃起来,对什么都赞不绝口,这时候的她既美丽又可爱,可爱的是她心中的温柔复杂的情感,那是在她与其貌不扬、然而血管中流着特殊血液的人相遇之后产生的。究竟是什么唤醒了这位少女的芳心——金钱、地位,还是门第,毕竟无关紧要……大家一口咬定,索伦托和卡普里岛完全是另一番天地,那儿阳光明媚,温暖如春,柠檬花盛开,社会风气好些,酒也纯些。于是旧金山来的一家人决定带着他们的全部箱笼前往卡普里岛,去领略这岛上的景物,凭吊梯维里宫遗址,漫游神话一般的蓝洞石窟,听圣诞节前要唱着赞美圣母马利亚的颂歌在岛上行吟一个月之久的阿布鲁齐风笛手的演奏,然后在索伦托住下。

　　动身那天是旧金山来的一家人难忘的日子!连早晨也没有出太阳。浓雾遮住了整个维苏威火山,灰蒙蒙地压在微波万叠的铅灰色海面上。卡普里岛无影无踪,似乎从未存在过。一只小火轮向那边开去,摇晃得厉害,旧金山来的一家人都直挺挺地躺在简陋的公共休息室的沙发上,用毛毯包住腿,因为恶心而闭着眼睛。太太觉得自己比谁都难受,她呕吐了几次,以为就要一命呜呼了。端着漱盂跑来侍候太太的女仆只觉得好笑,她成年累月、不分寒暑、日复一日地在海上颠簸,从来不知道疲倦。小姐的脸色苍白得可怕,嘴里衔着一片柠檬。先生穿一件宽大的外衣,戴一顶挺大的有檐儿便帽,一路咬紧牙关仰面躺着。他面色发黑,唇髭发白,头痛欲裂。这是由于近来天气不好,他晚间饮酒过度,又在一些淫窟中过多地欣赏了"活画"的缘故。雨打着震颤的玻璃窗,水渗进来流到沙发上。狂风呼啸着压向桅杆,有时卷起巨浪使船身整个儿侧向一边,于是从底舱就传来轰隆轰隆的声音,不知是什么东西在滚动。停靠卡斯特拉马雷和索伦托的时候情况好一些,但是船仍旧颠簸得厉害,海岸和岸上的悬崖、花园、意大利松、粉红色和白色的大饭店、云雾缭绕的重重青山,一齐在窗外上下飞舞,仿佛荡着秋千。许多小划子围拢来,碰着船壁。潮湿的海风吹进舱来。在一只摇来晃去的平底货船上,有个男孩站在"皇家"饭店的旗子下面招徕顾客,不停地用他那含混不清的口音尖声尖气地喊着。旧金山来的绅士觉得自己完全是一个老人了(他也该有这种感觉),对这些贪得无厌、身上有一股大蒜气味的所谓意大利人已经感到厌恶和不耐烦。有一次,在靠岸的时候,他睁开眼睛,从沙发上抬起半个身子,看见峭壁下挨着水边鳞次栉比的一片霉痕累累的小石头房子,加上近旁的小木船、破布衫、洋铁罐和棕色的网,想想这就是他来游览的意大利的真面目,失望到极点……最后,黑黝黝的卡普里岛终于在暮霭中逐渐逼近,它的底部仿佛给灯火钻透了。风柔和了些,也温馨了些。码头上灯光的倒影像金色蟒蛇似的浮在平静下来的黑油般流动着的波浪上,向前游去……突然,机器轧轧地响起来,哗啦一声铁锚下水了,顿时从四面八方传来船夫们争先恐后、声嘶力竭的呼喊声。旧金山来的绅士立刻松了一口气,公共休息室里的灯光更亮了,他想吃,想喝,想吸烟,想活动……十分钟以后旧金山来的一家人登上一只大平底货船,十五分钟以后他们已经走在石板铺砌的滨海路上,然后钻进敞亮的缆车,嗖的一声沿着斜坡驶上山去,两旁闪过葡萄园的木桩,半倒的石砌围墙,湿漉漉的遍身节瘤的橘树——一些树有草帘遮盖,树上结着亮橙色的果实,长着肥厚光滑的树叶,它们在敞开的车窗外滑下山去……意大利的土地雨后散发着甜蜜的香气,意大利的每一个岛屿都有自己特殊的气息!

这天晚上,卡普里岛潮湿而黑暗。刹那间,不知什么地方有了灯光,这个岛也立刻活跃起来。在山顶缆车站上已经有一群人等在那里,他们的任务是好好接待旧金山来的绅士。和他同行的虽然还有别人,但却不值一顾,那不过是几个在卡普里岛上定居的俄国人,邋邋遢遢,一副魂不守舍的样子,戴眼镜,蓄大胡子,竖起穿旧了的大衣衣领;还有一群长腿圆脑袋的德国青年,他们穿蒂罗尔地方的服装,背一个粗麻布袋,不需要任何人效劳,花钱从不大手大脚。旧金山来的绅士心安理得地避开这些人,他立刻引起注意。人们连忙过来搀扶他和他的太太小姐走下缆车,跑在前面为他指路。接着他又被一群孩子和用自己的头顶为有身份的游客搬行李的身强力壮的卡普里岛妇女包围起来。这里有一个好像可以演歌剧的小广场,上空悬着一盏球形电灯,在湿润的风中摇曳,妇女们的木屐哒哒地敲着地面,孩子们小鸟似的打呼哨,还翻筋斗。旧金山来的绅士仿佛登上了舞台,从他们中间穿过,向着连成一体的一排房子下面的一处中世纪拱门走去,拱门那边是一条热闹的小街,往下直通前方灯火通明的饭店正门,左边的平屋顶上方错错落落地伸着棕榈树叶,抬头或向前望去,漆黑的夜空里闪着蓝色的星星。怪石嶙峋的地中海小岛上这座潮湿的小石城苏醒过来似乎就是为了欢迎来自旧金山的客人,是他们使得饭店老板满面春风,那面中国锣似乎也是专等他们进门才敲了起来,召唤各层楼的旅客去用晚间大餐。

迎接他们的老板是一位穿戴得异常雅致的年轻人,他彬彬有礼、风度翩翩地向新到的客人们鞠躬。就在这一瞬间,旧金山来的绅士大吃一惊:他忽然想起,昨夜在搅得他不安宁的乱七八糟的梦中他见到过这位先生,穿的正是这件圆下摆常礼服,头发也梳得这样光。他惊讶得几乎停住脚步,不过通常所谓的迷信在他心里早已不复存在,就连一粒芥子那样大小的痕迹也没有了,他的惊讶即刻消逝。等到他走在饭店的走廊上的时候,他就把这梦与现实的奇怪的巧合当做玩笑讲给他妻子和女儿听了。女儿却不安地瞥了父亲一眼,此刻在这黑糊糊的异国小岛上,忧虑和可怕的孤独感突然使她的心紧缩起来……

在卡普里岛上旅游的一位显贵——莱斯十七世刚刚离开,旧金山来的客人就住进他住过的套间。饭店给他们派来一个最漂亮最能干的女仆,是比利时人,她的腰给紧身衣裹得既细又挺,头上戴一顶上过浆的形状像小王冠的帽子;一个最出色的男仆,是西西里人,他的皮肤像煤炭一般黑,两眼炯炯有神;还有一个最机灵的茶房——身材矮小而肥胖的路易吉,他一辈子干这行,换过不少地方。不一会儿,领班,一个法国人,轻轻地敲了敲旧金山绅士的房门。他来探问新到的客人是否去吃晚间大餐,如果得到的回答是肯定的,而这是毫无疑问的,那么他就会报告说,今晚有龙虾、牛排、龙须菜、野鸡等等。地板还在旧金山绅士的脚下晃动(那艘意大利破轮船把他摇得够受的),但是他不慌不忙,因为不习惯而有点笨拙地亲手关好领班进来的时候砰的一声打开了的窗户(从窗外飘进远处厨房里的菜香和花园里带雨的花香),然后一字一板地回答说,他们要吃晚间大餐,他们的餐桌要放在餐厅尽里头离门口远的地方,他们要喝本地葡萄酒。他每说一句话,领班都唯唯称是,声调尽管千变万化,意思只有一个:旧金山绅士的愿望毫无疑问是合理的,全都要不差分毫地照办。最后,领班恭恭敬敬地垂首问道:

"就这些吗,先生?"

听到一声慢条斯理的回答"yes"之后,领班又说,今晚门厅里有塔兰台拉舞,由卡梅拉和朱塞佩表演,他们是全意大利和"整个旅游界"都知名的舞蹈家。

旧金山来的绅士淡淡地说:"我在明信片上看到过她。这朱塞佩是她的丈夫吗?"

领班回答说:"是堂兄,先生。"

旧金山来的绅士迟疑了一下,若有所思,但是什么也没说,只点了点头,让领班走了。

随后他又像准备去举行结婚典礼一般收拾

打扮起来,先把各处的电灯都拧亮,所有的镜子顿时映照出荧荧的灯光,家具,以及打开的箱子。接着他就刮脸,盥洗,不时地按铃叫人,这铃声在走廊上常常被他妻子和女儿的房间里传出来的急不可待的铃声打断。系红围裙的路易吉以许多体胖的人特有的灵巧一溜烟似的朝着铃声的方向奔去,装出一副吓得魂不附体的模样,逗得那些提着瓷砖桶跑过的女仆笑出了眼泪。他故意怯生生地用指关节敲敲门,呆子似的毕恭毕敬地问道:

"Ha sonato, signore?"[1]

门内一个慢条斯理的吱吱呀呀的声音颇有礼貌但又盛气凌人地说:

"Yes, come in..."[2]

旧金山来的绅士在这个对他说来意义如此

---

[1] 意大利语:"是您按铃吗,先生?"
[2] 英语:"是的,进来……"

重大的夜晚有什么感觉,又有什么想法呢?他像任何一个经历过海上颠簸的人一样,只觉得特别饿,美滋滋地想着那第一勺汤和第一口酒的味道,连这照例的梳洗也使他兴奋,不容他再去感觉和思考了。

他刮净脸,盥洗完毕,安放好他的几颗假牙,在镜子前面站着,用镶银边的发刷蘸点水抿了抿他那暗黄色头顶周围的一圈稀疏的珍珠色头发,把一件奶油色丝织内衣绷在由于营养过剩腰部越来越粗,上了年纪但还结实的身上,又把黑丝袜和舞鞋套在干瘪的平底脚上,往下蹲了蹲,拉好被丝织背带高高吊起的黑裤子和带凸胸的雪白的衬衫,在闪光的袖头上安好袖扣,然后再费尽力气去制服硬邦邦的领子下面的那颗纽扣。地板还在他的脚下摇晃,手指尖痛得要命,那颗纽扣在喉结下面凹进去的地方有时狠狠地咬着他的松软的皮肤,但是他很倔强,虽然用力过度使他两眼发光,过窄的衣领卡着他的喉咙,弄得他脸色青紫,他终于完成大业,筋疲力尽地在穿衣镜前面坐下来,全身都映照在穿衣镜和其他镜子里。

"啊,真可怕!"他喃喃地说,同时低下他那结实的秃头,既不打算弄明白,也没有去思索,究竟是什么可怕。然后他习惯地把他那患痛风症后关节变得僵硬的短手指和隆起的杏仁色大指甲仔细察看了一番,又一次肯定地说:"真可怕……"

这时候,第二遍洪亮的锣声敲响了,犹如在庙宇中,响彻整座楼房。旧金山来的绅士连忙站起来,用领带把衣领系得更紧一些,又将背心扣好,勒住肚子,穿上晚礼服,拉平袖头,再一次照镜子……他想:这个皮肤黑黑的卡梅拉,有一双媚眼,长得像黑白混血儿,穿一身以橙色为基调的花连衣裙,舞一定跳得不同寻常。他精神抖擞地走出自己的房间,踩着地毯来到隔壁他妻子的房门前,大声问她们是不是快打扮好了。

"再过五分钟!"门内传出少女的声音,银铃似的,而且兴高采烈。

"好极了。"旧金山来的绅士说。

他沿着走廊和铺红地毯的扶梯不慌不忙地下楼去找阅览室。侍役们见他走来都贴墙站定,给他让路。他径自往前走去,似乎没有注意到这些人。一个去吃饭迟了一步的老太婆,背已经驼了,满头白发,但是还穿着袒胸露背的银灰色绸衫,像只老母鸡似的急急忙忙往前赶,样子很可笑。他毫不费力就走到这老太婆的前面去了。餐厅里客人已经聚齐,而且开始吃饭了。他在餐厅的玻璃门旁边一张堆着一盒盒雪茄和埃及卷烟的小桌前驻足片刻,拿了一支大马尼拉雪茄,丢下三个里拉。他走在装有玻璃窗的外廊上的时候,顺便通过一扇敞开的窗户向外望去,感觉到黑暗中有一股温软的气流迎面袭来,隐约可见一株老棕榈树的树巅的枝叶成星状伸展开来,显得无比巨大,从远处传来均匀的海涛声……阅览室里舒适安静,只有桌子上有灯光。一个头发花白的德国人站在那儿翻阅报纸,他长得像易卜生,戴一副圆圆的银边眼镜,眼睛里有一种癫狂、吃惊的神情。旧金山来的绅士冷冷地打量了他一下之后,在屋角一张很大的皮圈手椅上坐下来,挨着一盏有绿灯罩的电灯,戴上夹鼻镜,伸了伸被衣领卡住的脖子就整个儿被报纸挡住了。他在几篇文章的标题上扫了一眼,读了几行关于无尽无休的巴尔干战争的报道,然后用习惯的动作把报纸翻过来。忽然间,一行行字在他眼前冒起了金星,他的脖子发硬,眼珠突出来,夹鼻镜也从鼻梁上飞了……他猛地向前扑去,想吸一口气,但是只发出一声嘶哑的呼噜声,他的下巴就掉了下来,露出满嘴金光闪闪的假牙,脑袋耷拉在肩膀上摇来晃去,衬衫的胸部鼓起,整个身子歪扭着瘫倒在地上,鞋后跟掀开了地毯——他似乎在同什么人做生死的搏斗。

要不是阅览室里还有那个德国人,饭店人员自会迅速而不动声色地处理这可怕的事件。他们会立即拉着旧金山绅士的脚,揪着他的脑袋,从后门把他远远地送走,不让一位客人知道出了什么事。可是那个德国人大喊大叫着从阅览室里冲出来,惊动了全楼、全餐厅的人。许多人从餐桌边跳起来,许多人面如死灰,向阅览室奔去。只听得人们用各种不同的语言问:"怎么啦?出了什么事?"谁也说不清楚,谁也不明白,因为人们至今看到死亡仍旧最为诧异,无论如何不肯相信死亡的存在。老板在客人中间转来转去,忙着劝那些奔跑的人安静下来,说这不过是区区小事,一位旧金山来的绅士晕过去了……但是谁也不听,许多人已经看见侍役和茶房们从这位绅士身上扯下领带、背心和揉皱的晚礼服,不知为什么还从他那穿着黑丝袜的平底脚上脱下了舞鞋,而他还在挣扎。他顽强地抗争着,无论如何不肯屈服于这突然而又粗暴地向他袭来的死亡。他摇着头,像被屠宰似的发出嘶声,又像醉汉一样翻白眼……人们匆匆地把他抬进四十三号——一层走廊尽头那间最小、最坏、最潮、最冷的房间,放在床上。这时候他的女儿跑来了,披头散发,袒露着被紧身衣托得高高的胸脯。跟着来到的是他那体躯庞大,已经穿戴好准备去进晚间大餐的妻子,她吓得把嘴撮成一个圆圈……而旧金山绅士的头已经不再摆动了。

一刻钟以后,饭店里的秩序大致已经恢复,晚间的气氛却无可挽回地破坏了。有些人又回到餐厅里去把饭吃完,但是默不作声,面带怒容。老板时而走到这位客人跟前,时而走到那位客人跟前,他感到自己是无辜受罚,一肚子怨气,又无可奈何,只得顾全体面地耸耸肩膀,要大家相信,他非常理解"这有多糟糕",并且保证要采取"一切他能采取的措施"来消除这种不愉快的气氛。塔兰台拉舞只好取消,多余的电灯关了,大多数客人进城到啤酒馆去,四周静得连门厅里的钟摆声都听得清清楚楚,那儿只有一只鹦鹉机械地咕哝着什么,它准备睡觉,在笼子里扑腾,把一只爪子怪模怪样地搭在高杆上,竟然就这样睡着了……旧金山来的绅士躺在一张廉价的铁床上,盖着粗毛毯,只有天花板上一盏昏暗的灯照着他。他那湿乎乎的冰冷的额头上放着冰袋。已经没有生气的青紫的脸渐渐凉了。从张开的闪着金光的嘴里发出的嘶哑声越来越弱。已经不是这位旧金山来的绅士(他已经不存在),而是另外一个人在喘气。他的妻子、他的女儿、医生、仆役,都站在一边看着他。突然,他们预料到而又害怕的事情终于发生——喘息猝然停止。在众人的注视下,死者的脸慢慢蒙上一层灰白色,他的容貌也变得清癯明亮起来。

老板走进来。医生低声对他说:"Gia e morto."①老板冷淡地耸耸肩膀。泪流满面的太太走到老板跟前怯生生地说,现在应该把死者抬回他的房间去。

"啊,不行,夫人,"老板连忙拒绝,话说得很客气,但是已经毫无殷勤之意,而且用法语说,不用英语了。这几位旧金山来的客人现在还能给他的账房留下什么东西,他已经完全不感兴趣。他说,"那根本办不到,夫人。"他又进一步解释说,他很看重那些房间,如果照夫人的意思办,那么整个卡普里岛上的人都会知道,客人就再也不肯去住了。

---

① 意大利语:"已经死了。"

·米佳的爱情·

一直叫人纳闷地盯着老板的小姐在一把椅子上坐下,用手绢掩着嘴哭出声来。太太的眼泪立刻干了,脸涨得通红。她提高嗓门,用自己的母语大声要求,仍然不相信已经没有人再尊重她们了。老板彬彬有礼,然而高傲地打断了她的话,声言倘若夫人不喜欢这饭店的规矩,那么他绝对不敢挽留;接着又斩钉截铁地说,天一亮就得把尸体运走,因为已经向警方报告,马上会有人来办理必要的手续……太太又问,在卡普里岛上能不能弄到一具现成的棺材,哪怕是普通的也好。老板说,很遗憾,不能,绝对找不到,而定做又来不及,只好另想办法……比如他买进的英国苏打水是用既大又长的木箱包装的……木箱里的隔板可以取出……

夜间,饭店里的人都已入睡。四十三号房间的窗户打开了,朝向花园的一角,那儿有一堵石砌的高墙,墙头插着许多碎玻璃片,墙边长着一株枯萎的芭蕉。人们关了电灯,锁上门走了。死者独自留在黑暗中,蓝色的星星从天上望着他,一只蟋蟀在墙缝里无忧无虑地唱着使人惆怅的歌……灯光昏暗的走廊里,两个女仆坐在窗台上缝补。路易吉靸着鞋走来,用一只手托着一大堆衣服。

"Pronto？"[①]他用清脆的耳语关切地问,目光指向走廊尽头那道可怕的门,接着就用空着的手往那个方向轻轻摆了摆,压低嗓门喊了一声:"Partenza！"[②]好像送走了一列火车——在意大利的火车站上,每逢发车的时候人们照例是这么喊的。两个女仆强忍着笑声,彼此把头俯在对方的肩上。

然后路易吉蹑手蹑脚、连跑带跳地来到那道房门前,轻轻敲了一下,歪着脑袋、压低嗓门、

[①] 意大利语:"办妥了？"
[②] 意大利语:"开车！"

毕恭毕敬地问：

"Ha sonato, signore?"

他又伸出下巴,憋着嗓子,慢条斯理而又悲哀地仿佛从门内对自己回答说：

"Yes, come in..."

黎明时分,四十三号房间的窗外开始发白,湿润的风吹得残破的芭蕉叶沙沙作响,卡普里岛上空是一望无际的蔚蓝色的天,朝阳从远处意大利的青山后面升起,把清晰可见的索利亚罗山顶染成金色,在岛上为游客修小路的石匠们上工去了。这时候,一只装苏打水的长形木箱送进了四十三号房间。不一会儿,那木箱就变得十分沉重,狠狠地压着助理接待员的双膝。他乘一辆单驾出租马车,押着那木箱沿着白色的盘山公路疾驶而去,经过许多石砌的围墙和葡萄园,往下再往下,直到海边。车夫是个身体虚弱的人,眼睛红红的,穿一件袖子嫌短的旧上衣和一双变了形的皮鞋。他正犯醉后头痛(昨夜通宵在小酒馆里掷骰子的结果),一个劲儿抽打他的强壮的马,那马按西西里的方式披戴着:在扎着花绒球的笼头上和高高的黄铜辕枕两端挂着各式各样的小铃,叮当乱响;修剪得整整齐齐的额鬃里插着一俄尺长的鸟毛,马一跑起来它就颤动。车夫沉默不语,想着自己的放荡生活,想着自己的恶习,想着昨夜把装满了衣袋的铜子输得精光,他心情沮丧。然而清晨的空气是如此新鲜,四周是大海,头上是清晨的天空,醉意旋即消失,无忧无虑的心情重新占了上风,何况还有一笔意外的收入使他得到安慰,那是来自旧金山的一位绅士给的,此刻这位绅士的僵死的头颅正在他背后的木箱里摇来晃去……一只小火轮像甲虫一样远远停在下面柔和、亮丽的蓝色大海上,整个那不勒斯湾都是这种浓得化不开的亮蓝色。鸣最后一遍汽笛了,

米佳的爱情

汽笛声在卡普里岛上四处回荡,海岸的一曲一折,岛上的一山一石都历历在目,宛如处在真空之中。在码头附近,接待员开一辆小轿车带着太太和小姐赶上了他的助手。太太和小姐面色苍白,由于哭泣和彻夜失眠,她们的眼睛已经凹陷了下去。十分钟以后,小火轮重又翻起水花,喧闹着奔向索伦托,奔向卡斯特拉马雷,带着旧金山来的一家人永远离开了卡普里岛……岛上又恢复了和平宁静的气氛。

两千年前这个岛上住过一个人,他荒淫无耻到了极点,可是竟然把几百万人置于自己的统治之下,做尽了伤天害理的事情,以致人类永远忘不了他。今天许许多多人从四面八方来到这里,就是为了看看这个人曾经住过的、建筑在岛上最陡的一个山坡上面的石砌大厦的遗址。在这个美丽的早晨,为此目的来到卡普里岛的人们还在各家饭店里酣睡,而一些搭着红鞍子的鼠皮色小毛驴已经被牵到饭店门口,它们又要驮着睡足吃饱的美国人、德国人——男男女女,老老少少——沿着铺石板的小道进山里去,一直登上蒙得-蒂贝里奥山的顶峰,后面跟着行乞的卡普里老太婆,她们的青筋嶙嶙的手拄着拐杖,用拐杖赶驴子。客人们安心地酣睡着,因为那个旧金山来的老头子的尸体已经运往那不勒斯去了,他原本打算跟大家一起上山的,结果只是让大家想到死亡而受了一次惊吓。岛上静悄悄的,市区的商店还关着门。只有小广场上的集市在卖鱼卖菜,到这里来的都是平民,其中有个叫洛伦佐的,总是在这里闲站着。这是一个高个子老船夫,他游手好闲,长得却很漂亮,给许多画家当过模特儿,闻名全意大利。他带来夜里捉到的两只龙虾,已经贱价卖了出去。此刻他的两只龙虾正在旧金山来的一家人下榻的那家饭店的厨子的围裙里乱动,而他又可以闲站到天黑了。他气派不凡地东张西望,炫耀他的破烂衣裳、陶制烟斗,以及压在一只耳朵上的红毛线贝雷帽。这时候,沿着蒙得-索利亚罗山的悬崖峭壁,踏着崖石上开凿出来的石级——古代腓尼基人之路,从阿纳卡普里下来两个阿布鲁齐山民。一个背着风笛(一只山羊皮制的大风箱加上两根笛管),外罩一件皮斗篷;另一个带着类似木制芦笛的乐器。他俩走着,那欢乐、瑰丽、充满阳光的国度尽在眼底:几乎是在他俩脚边的卡普里岛石峰突兀,浮在仙境般的蓝色大海上;东方,在渐渐升高而且开始炙人的灿烂的旭日照耀下,海上的朝雾大放光彩,整个意大利,它那远远近近的层峦叠嶂,在蓝色的雾霭和晨曦中还有些影影绰绰。这一切的美是人类的语言无法形容的。两个山民在半路上放慢了脚步,原来路旁索利亚罗山石壁上的一个崖洞里有一尊圣母像,身穿雪白的石膏衣服,头戴经过风吹雨打生了锈的镀金冠冕,温柔慈祥地站在那里,沐浴着和煦的阳光,举目望天,向着她的荣耀的儿子永恒而幸福的居处。两个山民脱下帽子,奏起了率真、谦卑、欢乐的曲子,赞美太阳,赞美清晨,赞美她——这既邪恶又美丽的世界上一切受苦人的贞洁的护佑者和她在遥远的犹太地一个穷苦牧人家里——伯利恒洞中生下的儿子……

而那来自旧金山的老头子的尸体正在归途中,他要回到新世界①,进入自己的墓穴中去。经过一星期的漂泊,从一个海港仓库到另一个海港仓库,受尽屈辱和怠慢,最后又来到不久前才把他当做尊贵的客人送往旧世界的那艘有名的客轮上。这回他被装进涂满焦油的棺材里,深藏在黑暗的底舱,不得与活人见面了。于是

---

① 指美国。

这客轮又开始了漫长的海上征途。夜间,船经过卡普里岛,从岛上看船上那些渐渐消失在漆黑的大海中的灯火是忧郁的,然而,轮船上,被枝形吊灯照得通明的厅堂里像往常一样举行着热闹的舞会。

第二夜,第三夜也举行了舞会,外面又是狂风暴雪,大海像唱安魂弥撒似的吼叫着,掀起山一般高的银白色浪花以志哀。船上的无数只火眼被漫天大雪遮掩,连此刻正从隔开新旧世界的石门——直布罗陀山崖上注视着逐渐隐没在黑夜和暴雪中的航船的魔鬼都难以分辨。那魔鬼是个崖石般的庞然大物,然而心脏已经衰老的"新人"的得意之作——这艘有多层楼舱、烟囱林立的航船也是个庞然大物。狂风暴雪冲击着它的被白雪覆盖的缆索和粗大的烟囱,而它坚定,沉着,威严,可怖。在它的顶层有几间不很明亮的舒适的房间,孤零零地耸立在风雪之中,那位像一尊菩萨似的身躯硕大的船长正端坐在里面,高踞于全船之上,在警觉和不安中打着盹儿。他听见受风暴压抑的汽笛在悲鸣,在怒吼,但是心里坦然,因为身边有个说到底连他自己也不明白的东西:隔壁一间类似装甲舱的房间里时常充满神秘的杂音、颤音,蓝色的火花在一个面色苍白、头上戴着半圈铁箍的报务员周围发出噼噼啪啪的爆裂声。在"大西洲号"的底层,那水下部分,上千普特重的大锅炉和其他各式各样的机器闪着幽暗的金属光,咝咝地冒着蒸汽,滴着开水和油。这是供给轮船动力的大灶,底部被几个大得可怕的炉膛烧得通红。集结到吓人的程度的力,翻腾奔突,传递到船的龙骨,进入望不到头的圆形地道。这里灯光很暗,一根巨大的轴在油污的轴床上慢慢地,以一种要人心绝对服从的力量转动着,就像一个活生生的怪物躺在大炮筒子一般的地道里。而

"大西洲号"的中层,它的餐厅和舞厅,却灯火通明,充满了欢乐的气氛,盛装的人们有说有笑,鲜花馥郁,弦乐队在演奏。雇来的那一对风姿绰约的恋人又在人群、灯火、丝绸、钻石、裸露的女人肩膀的五光十色之中痛苦地扭来扭去,有时痉挛地互相碰撞一下。那姑娘似乎自觉有过,羞涩地垂着眼帘,她的发型朴素大方;那高个儿青年的黑发像是粘在头上的,由于搽了粉脸色发白,他穿着极为考究的漆皮鞋和小腰身、拖长尾的燕尾服,很美,但是活像一只大水蛭。没有谁知道,在充满哀怨的靡靡之音中故意做出既幸福又痛苦的样子,早已使这对男女感到不耐烦;也没有谁知道,什么东西停放在他们脚下深处,在漆黑的底舱里,挨着阴暗、炙人的轮船肚腹。轮船呢,正吃力地在黑夜、大海、狂风暴雪中挣扎着前进……

(1915)

伊万·布宁生平简历

一八七〇年　十月十日出生于俄罗斯沃罗涅日省沃罗涅日市。

一八八七至一九一七年　发表大量诗歌,包括一九〇〇年写的长诗《叶落时节》。

一八九一年　在奥廖尔出版第一本诗集,并开始认真写小说。

一八九五年　短篇《走向天涯》发表在《新言论》上,大获成功。

一八九八年　出版布宁诗歌与短篇小说集《在开阔的天空下》。

一九〇三年　　十月十九日获俄罗斯科学院最高奖普希金奖。

一九〇九年　　第二次获普希金奖,并于该年被选为俄罗斯科学院荣誉院士。

一九一〇年　　第三次获普希金奖,并于该年发表中篇小说《乡村》,声名鹊起。

一九二〇年　　一月二十六日乘一艘希腊小轮船离开俄国赴君士坦丁堡,最后定居法国。

一九二四年　　在阿尔卑斯写出中篇小说《米佳的爱情》及许多短篇小说。

一九二七年　　在巴黎《俄罗斯报》上首次发表长篇小说《阿尔谢尼耶夫的一生》前四部,三年后由《最新消息报》发表第五部。

一九三三年　　获诺贝尔文学奖。

一九三七至一九四四年　精心创作短篇小说,

后汇集为《暗径集》。

一九五三年　十月八日在巴黎逝世,遗体葬于巴黎市郊俄国侨民公墓。

一九五六年　布宁的作品首次在苏联出版。

主要作品表

《安通苹果》

《叶落时节》

《乡村》

《旱谷庄园》

《旧金山来的绅士》

《米佳的爱情》

《阿尔谢尼耶夫的一生》

《暗径集》

《蜂鸟文丛》

第一辑（按作者生年排序）

苹果树	〔英〕约翰·高尔斯华绥
一个陌生女人的来信	〔奥地利〕斯蒂芬·茨威格
奥兰多	〔英〕弗吉尼亚·吴尔夫
熊	〔美〕威廉·福克纳
乞力马扎罗山上的雪	〔美〕欧内斯特·海明威
文字生涯	〔法〕让-保尔·萨特
局外人	〔法〕阿尔贝·加缪
我的包着红头巾的小白杨	〔吉尔吉斯斯坦〕钦吉斯·艾特玛托夫
饲养	〔日〕大江健三郎
夜半撞车	〔法〕帕特里克·莫迪亚诺

第二辑（按作者生年排序）

野兽的烙印	〔英〕约瑟夫·鲁德亚德·吉卜林
地粮	〔法〕安德烈·纪德
米佳的爱情	〔俄〕伊万·布宁
都柏林人	〔爱尔兰〕詹姆斯·乔伊斯
乡村医生	〔奥地利〕弗兰茨·卡夫卡
蜜月	〔英〕凯瑟琳·曼斯菲尔德
印象与风景	〔西班牙〕费德里科·加西亚·洛尔迦
被束缚的人	〔奥地利〕伊尔泽·艾兴格尔
孩子，你别哭	〔肯尼亚〕恩古吉·瓦·提安哥
他和他的人	〔南非〕J.M.库切